무서운 집
재밌는 집
이상한 집

무서운 집
재밌는 집
이상한 집

2024년 12월 3일 초판 1쇄 발행

| 글 | 강다민 |
| 그림 | 곽지현 |

책임편집	여은영
디자인	박정화, 김다솜
마케팅	김선민
관리	장수댁
인쇄	정우피앤피
제책	바다제책

| 펴낸이 | 김완중 |
| 펴낸곳 | 내일을여는책 |

출판등록	1993년 01월 06일(등록번호 제475-9301)
주소	전라북도 장수군 장수읍 송학로 93-9(19호)
전화	(063) 353-2289
팩스	0303-3440-2289
전자우편	wan-doll@hanmail.net
블로그	blog.naver.com/dddoll
ISBN	978-89-7746-877-1 73810

ⓒ 강다민·곽지현, 2024

어린이제품안전특별법에 의한 제품표시
제조자명 내일을여는책 **제조국명** 대한민국 **사용연령** 만 10세 이상 어린이 제품

무서운 집
재밌는 집
이상한 집

강다민 글 | 곽지현 그림

내일을여는책

우리가 살고 있는 집과 가족,

동네의 모습은 모두 다르지만,

당신의 마음속 집은

안락하고 행복한 보금자리이길 기도합니다.

차례

집의 말_9

거기 돌 있는 데_55

집을 찾아 주는 주무관 P씨_101

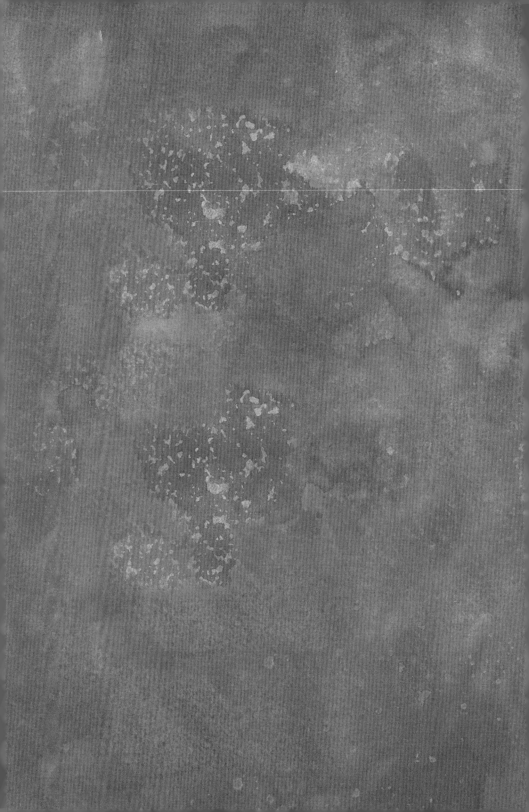

집의 말

그 아이가 걱정돼서 그런 거예요.

정말로 그 아이를 도와주려고 시작한 겁니다.

118동 언덕 아래요. 단지 안의 제일 끝 동.

아무도 그 아이에게 관심이 없으니까, 제가 도와주려고 한 거라고요. 꼭대기 층에 사는 그 아이요. 그 애를 한 번이라도 본 적이 있나요? 정말 작아요. 작고, 마르고, 금방이라도 부서질 것 같은 그 아이요. 그 아이가 매일 밤…….

네. 제가 그런 것 맞습니다. 다 제가 그런 거예요. 화재경보기도 그렇고, 엘리베이터를 고장 낸 것도 제가 그랬어요.

위층에서 쿵쿵 소리를 낸 것도 맞냐고요?

네. 제가 그런 겁니다. 네, 초인종도요.

그 아이를 도와주려고 그랬다니까요. 아무도 그 아이를 돕지 않았잖아요? 경찰이 와도 아무 소용이 없었잖아요? 그래서 저는 제가 할 수 있는 일을 한 것뿐입니다.

처음이요?

일 년쯤 되었습니다. 겨울이 끝나 갈 무렵이었죠. 바람이 차긴 해도 낮에는 따뜻한 햇살이 점점 길어지고 있었어요. 그래도 밤공기는 아직 겨울의 바람이 남아 차가웠어요. 열한 시가 넘었을 겁니다. 그때쯤 경비 아저씨가 교대를 하거든요. 그래서 기억하고 있습니다. 교대한 아저씨가 순찰을 돌면서 비추는 손전등 불빛을 보았으니까요. 그 아이가 잠옷만 입은 채로, 신발도 신지 않고 계단으로 뛰어 내려오기 시작했습니다.

한밤중에 계단을 뛰어 내려오다니! 그건 정말 위험한 일입니다. 저는 움직임이 감지되면 켜지는 계단의 불을 전부 환하게 켰습니다. 그 아이가 뛰어 내려오는 속도보다 불이 느리게 켜지면 계단에서 넘어질 수도 있고, 그럼 크게 다칠 테니까요. 그런데 뒤에서 한 아저씨가 뒤따라 내려오지 않겠어요?

"쥐새끼 같은 놈. 당장 오지 못해!"

아시다시피 아파트 계단은 소리가 잘 울립니다. 아저씨의 고함 소리가 쩌렁쩌렁하게 울렸어요. 아이는 걸음을 멈추더니

11

내려갈까 올라갈까 고민하는 것처럼 보였습니다.

쿵, 쿵, 쿵, 쿵.

아저씨가 계단을 뛰어 내려오기 시작하자 아이는 그 자리에 얼어붙어 버렸지요. 그리고 집으로 끌려갔습니다.

그때부터 그 집을, 그 아이를 잘 살펴봐야겠다고 생각했습니다. 21층, 꼭대기에 사는 그 집과 그 아이를 관찰하기 시작한 것은 그때부터였습니다.

1층부터 21층까지 두 집씩, 저에게는 42개의 집이 있습니다. 모두 다 잘 살고 있는지를 살펴보기에는 너무 많습니다. 집집마다 사는 사람도, 가구 배치도, 일어나고 잠드는 시간도, 집 밖으로 나갔다가 돌아오는 시간도 모두 다릅니다. 그래서 소홀했던 것도 사실입니다. 그건 제가 실수한 부분입니다.

하지만 생각해 보세요. 예전에는 한 집에 한 가구가 살았죠. 그 집이 2층 집이 되어도 두 가구만 살펴보면 되었습니다. 5층집이 되었을 때까지만 해도 괜찮았어요. 물론 조금만 방심하면 누군가가 쿵쿵 뛰거나 베란다에서 담배를 피워 싸움이 나기도 했지만요. 그래서 제가 할 수 있는 일을 찾기 시작한

겁니다. 물론 처음에는 쉽지 않았어요.

요술을 부리다니요. 저는 마법사가 아니고 그냥 아파트일 뿐인데요.

귀신에 씌웠다고요? 말도 안 되는 소리.

터가 안 좋다니요. 다 같은 단지에 지어진 아파트잖아요.

그럼 대체 그건 뭐냐고요? 쉽게 말해 볼게요.

혹시 계단을 올라가다가, 한 칸이 더 있는 줄 알고 허공에 발을 내디딘 적이 있나요? 어어, 하면서 손을 휘저었던 적이요. 내려가다가도 똑같이 한 계단 더 내려가야 하는데 없어서 발을 허둥거린 적은요? 계단을 올라가거나 내려갈 때, 휴대폰을 보거나 다른 생각에 빠져 위험하면 제가 한 개씩 계단을 없애 버립니다. 그래야 정신을 똑바로 차리니까요.

문을 깜빡하고 안 잠궈서 헐레벌떡 돌아와 보니 제대로 잠겨 있었던 적은요? 불을 끄고 나왔는지, 창문은 닫았는지 헷갈릴 때도 살펴보면 잘 꺼져 있거나, 닫혀 있지 않던가요? 집 안에서 잃어버린 물건도 어딘가에서 나타나죠? 그런 거예요. 그런 게 바로 제가 할 수 있는 일입니다. 대단한 것도 아니었죠, 그 정도는.

저는 집이니까요.

집은 가장 편안하고 안전한 곳이어야 하니까요. 그게 제가 해야 하는 일이니까요.

하지만 그 아이는 집에서 편안하지도 안전하지도 못했습니다. 두 번째로 집에서 쫓겨난 날, 저는 제 능력으로 아이를 도와주기로 했습니다. 맨발로 계단을 뛰어 내려오는 아이의 보폭에 맞춰서 계단 높이를 낮춰 주었어요. 뒤따라오는 남자에게는 계단 높이를 어마어마하게 높게 만들었고요. 어른의 키에도 크게 뛰어내려야 할 정도로 높게 말이에요. 당연히 아이가 잡히지 않을 줄 알았습니다. 하지만 그건 제 착각이었어요. 남자는 엘리베이터를 타고 순식간에 1층으로 내려갔습니다. 그리고 태연한 표정으로 아이를 기다렸죠. 아이는 발걸음도 가볍게 1층까지 내려왔지만 다시 붙들려 21층으로 끌려갔습니다. 그날은 남자가 더 화가 난 게 분명합니다. 아주 늦게까지 아이의 방에 불이 꺼지지 않았기 때문입니다.

그날 이후로 아이의 아빠라는 남자가 아이를 괴롭히는 수준은 점점 심해졌어요. 아이의 방문을 뻑뻑하게 만들어서 남자가 아이의 방에 들어가는 순간을 최대한 늦추려고 했더니,

남자는 방문에 커다란 구멍을 내 버렸습니다.

그래서 저는 제가 할 수 있는 다른 일을 찾기 시작했습니다.

처음으로 한 일은 옆집 초인종이었습니다.

꼭대기 층 그 아이의 옆집 2102호에는 혼자 사는 할머니가 계시지요. 엘리베이터에서 마주치면 아이에게 사탕을 건네 주거나, 예쁘다면서 머리를 쓰다듬어 주셨어요.

"유치원 다니니?"

엘리베이터에서 마주친 아이와 엄마에게 할머니가 물었을 때, 아이는 고개를 숙이고 아무 대답도 하지 않았고 엄마가 대신 대답했지요.

"이제 2학년 되는데 키가 작아요."

그렇게 말하고 엄마는 아이의 소매를 잡아당겨 드러난 얇은 팔목을 가렸어요.

"2학년? 밥 좀 열심히 먹어야 쓰겠네. 우리 집에 놀러 오면 맛있는 과자를 줄게."

아이도, 엄마도 아무 대답하지 않았어요. 하지만 그날 이후로 아이는 몇 번 할머니 집 초인종을 누르고 할머니에게서 과

자를 받아먹었습니다.

며칠 뒤, 아이가 또 집에서 쫓겨난 밤이었어요. 아이는 계단으로 내려가려다 말고, 할머니 집 초인종을 눌렀어요. 낮에는 할머니가 바로 문을 열어 주셨거든요.

"할머니, 할머니."

아이는 할머니네 집 문틈에 바싹 붙어서 할머니를 불렀지만 할머니는 나오지 않았어요. 아이는 몇 번이나 초인종을 더 눌렀어요. 그때, 아이의 집에서 무서운 얼굴을 한 남자가 나왔어요.

"이 시간에 옆집 초인종을 누르면 안 되지. 그건 예의가 아니잖니?"

아이는 아빠 손에 붙들려 집으로 들어가기 전에 "할머니." 하고 한 번 더 작게 불러 보았어요. 그제야 할머니 집 문이 열렸습니다.

"누구지? 옆집 아빠 아냐?"

할머니는 잠귀가 어두워서, 라면서 무슨 일이냐고 복도에 선 아이와 남자에게 물었어요.

"어이쿠, 할머니 깨워서 죄송해요. 우리 애가 몽유병이 있어서 이렇게 집에서 뛰어나올 때가 있답니다."

"그게 다 기가 허해서 그런 건데. 보약이라도 먹여야……."

"앞으로 밤에 초인종을 누르면 문 열어 주지 마세요. 낮에도요. 보약도 알아서 먹일 테니까 신경 꺼 주세요."

남자는 눈을 부릅뜨 할머니를 바라보고는, 정중하게 고개를 숙이고 집으로 들어갔어요. 물론 아이도 뒤따라 들어갔지요. 할머니도 하품을 하면서 집으로 들어갔어요.

그날 이후로 저는 아이 집에서 아이를 때리는 소리가 들릴 때마다 할머니 집의 초인종을 마구 울렸어요.

띵똥, 띵똥, 띵똥, 제발 문 좀 열어 보세요. 할머니, 한 번만 나와 보세요. 옆집에서 나는 소리를 들어 보세요.

하지만 2102호 할머니네 문은 한 번도 열리지 않았어요. 할머니는 잠귀가 어둡고, 아이의 비명 소리는 너무 작아서 할머니가 문 밖으로 나온다고 해도 들리지 않았을 테지만요.

다음은 아래층에 사는 사람들이었습니다.

2002호와 2001호에 사는 두 아주머니는 친한 사이였어요. 매일 같이 엘리베이터를 타고 집을 나가거나 들어왔어요. 저는 엘리베이터 안에서 두 사람의 대화를 들었습니다.

"윗집 아저씨 엄청 무서워, 경비 아저씨한테 막 소리를 치더라니까."

"어디 부회장님이라잖아. 그래서 애도 마누라도 완전 잡혀 산대."

"잡혀 산다고? 그럼 그 소리가⋯⋯."

2001호 아주머니는 다 알고 계셨죠? 그날 분명히 엘리베이터 안에서 이렇게 얘기하셨잖아요.

"소리?"

"가끔 애가 우는 소리도 들리고, 엄마가 소리칠 때도 있고, 물건 던지는 것 같은 소리도 들리고."

저는 그 순간 기막히게 똑똑한 생각이 났어요. 옆집 할머니는 아무리 초인종을 눌러도 나오지 않았으니까요. 그래서 엘리베이터의 20층 버튼을 슬쩍 꺼 두었어요.

"이게 왜 이러지?"

"고장 난 거 아니야?"

"이놈의 아파트, 진짜! 재건축 허가는 언제 나오는 거야!"

두 사람은 엘리베이터를 타고 21층으로 가서 한 층을 걸어 내려올 테고, 그럼 꼭대기 층의 그 집 안에서 나는 소리를 들고, 경찰을 부르거나 최소한 말려 주기라도 하겠지요?

"어머!"

"진짜 무슨 일 나는 거 아니야?"

제 생각대로예요. 두 사람은 2101호 아이의 집 문에 귀를 대고 안에서 들리는 소리를 들었지요. 그리고 2001호 아주머니는 2002호 아주머니 뒤에 쏙 숨어 버리셨죠.

2002호 아주머니가 초인종을 누르자, 남자가 인상을 쓰면서 나왔습니다.

"무슨 일이시죠?"

"아니, 여기 아래층 사는 사람이 층간 소음이 좀 있다고 해서요."

"그러시군요. 죄송합니다. 방학인데 아이가 심심해 해서 제가 놀아 주는 중이었어요."

남자가 집 안을 향해 손짓하자, 작은 아이가 문 앞에 나타났습니다.

"사내아이라 어찌나 힘이 넘치는지, 앞으론 조심하도록 타이르겠습니다."

아이는 고개를 푹 숙이고 작은 목소리로 "죄송합니다." 하고

말했어요.

"층간 소음이 심하죠, 이 아파트. 제가 재건축 추진위원회에서 운영 회장을 맡고 있습니다. 여러모로 힘쓰고 있으니 조금만 더 기다려 주시겠습니까?"

"네? 운영 회장님이셨어요?"

2002호 뒤에 숨어 있던 2001호가 얼굴을 쏙 내밀고 말합니다.

"잘 부탁드려요. 우리도 재건축해야죠, 옆 동네는 다 새로 올렸는데. 집값이 엄청나게 올랐다잖아요? 잘 아시죠?"

"그럼요, 잘 알죠. 저만 믿어 주세요."

2001호와 2002호는 허리를 숙이고 계단을 내려갔습니다.

그날 이후로 아이의 아빠는 바닥에 두툼한 이불을 깔았습니다. 어떤 소리도 아래층으로 들리지 않게요. 하지만 저는 아이를 위해서 소리를 더 크게 냈습니다.

쿵쿵쿵, 아래층에 들리도록, 아니 아래층의 아래층까지 들리도록, 아이의 몸에 붉은 상처가 생길 때마다 소리를 냈습니다. 하지만 아래층 사람들은 아무도 올라오지 않았습니다.

그렇게 몇 달이 지나갔습니다.

대학생 선생님은 한 번씩 아이의 공부를 도와주러 아이의 집에 왔습니다. 아르바이트로 아이의 학교 공부를 도와주는 것이었죠.

여름이 되어도 긴팔을 입고 있는 아이가 이상해 보여서, 대학생 선생님은 아이의 팔을 살짝 걷어 보았습니다. 아이의 팔에는 멍 자국과 딱지가 앉은 상처들이 가득했습니다.

선생님은 아무 말 없이 아이의 소매를 내려 주었습니다. 그날따라 유난히 투정이 심한 아이가 공부를 하다 말고 바닥에 엎드려서 크레파스로 새카만 동그라미를 그렸습니다. 내 몸에 까만 동그라미가 하나, 둘 늘어 갔습니다. 선생님은 아이를 가만 두고 스마트폰만 들여다보고 있었습니다. 저는 아이에게 하지 마, 하지 마, 내 몸에 칠하지 마, 간지러워, 하고 말했습니다. 아이는 들은 척도 하지 않고 계속 동그라미를 그려 댔습니다.

잠시 후, 2101호의 초인종이 울렸습니다. 아이의 엄마가 문을 열자, 밖에는 경찰관 두 명이 서 있었습니다.

"무슨 일이시죠?"

"신고가 들어와서요."

"신고요?"

26

밖의 소리를 듣고 방에서 대학생 선생님이 아이의 손을 잡고 나왔습니다. 아이의 손에는 여전히 까만 크레파스가 들려 있었고요.

"이게 무슨 소란이지?"

아이 아빠도 방에서 나왔습니다. 경찰은 아이 아빠를 향해 말했어요.

"아동 학대 신고가 들어왔습니다."

"아동 학대요?"

남자는 놀란 눈을 하고 아이에게 달려갔습니다. 그리고 모두에게 보이도록 팔을 조금 걷었지요.

"어쩌다가 다쳤어? 네가 경찰관님에게 말씀드리렴."

"넘어진 거예요."

아이는 크레파스를 쥔 손으로 걷어 올린 팔의 소매를 잡아 끌어내렸습니다. 남자는 어깨를 으쓱해 보이더니, 경찰관을 향해 물었습니다.

"누가 신고를 한 거라고요?"

"문자 메시지로 신고가 접수되었고, 신고자는 말씀드릴 수 없습니다."

남자는 대학생을 돌아보더니, 무서운 표정으로 말했습니다.

"잠깐! 이건 못 보던 상처인데요?"

남자는 아이의 목덜미를 잡고 티셔츠를 들어 올렸습니다. 아이의 등에는 붉게 부어오른 상처가 있었습니다.

"선생님, 우리 아이를 때렸나요? 그러곤 부모 잘못이라고 덮어씌우려고 신고하신 겁니까?"

남자는 무서운 목소리로 고함을 쳤어요. 대학생 선생님은 아무 대답도 못 하고 얼어 붙어 버렸어요.

"경찰관님, 이 사람을 제가 신고하겠습니다."

남자의 말에 대학생은 갑자기 정신이 번쩍 든 것처럼 몸을 푸드득 떨더니, 문밖으로 뛰쳐나갔습니다. 두 명의 경찰관도 뒤따라 집에서 나갔습니다. 남자는 문 밖을 향해 크게 소리쳤습니다.

"남의 집안일에는 신경 끕시다, 우리. 각자의 사생활이 있어야죠? 하하하!"

그 후로 아이의 상처를 발견한 사람은 아무도 없었습니다.

*

대학생 선생님도 더 이상 집에 오지 않았습니다. 혼자 있을 때 아이는 방바닥에 엎드려서 내 몸에 그림을 그렸습니다. 주로 짙은색으로 동그라미를 그리는 것이었지만, 빨간색으로 불꽃을 그릴 때도 있었고, 파란색으로 구름을 그리기도 했어요. 저는 그때마다 바닥을 가볍게 흔들면서 하지 마, 간지러워, 하고 말을 걸었어요.

왜 바닥에 누워 있니? 침대에 눕거나 책상에 앉아서 그림을 그리렴, 그러자 아이가 대답했습니다.

"바닥에 있으면 시원해서 그래요."

그래? 나는 창문을 활짝 열고 바람을 조금 더 들여보냈어요. 커튼이 살랑거리면서 시원한 바람이 들어왔어요.

"시원하다."

아이가 편하게 누울 수 있게 바닥을 조금 움푹하게 만들어 주었어요. 아이는 처음으로 기분 좋은 소리를 내면서 몸을 뒹굴거렸어요.

집은 원래 그런 거야, 편하고 시원하게 쉬는 거야.

"엄마는 여기도 우리 집이 아니라고 했어요."

우리 집이 아니라고?

"네. 여기는 가짜 집이고, 진짜 집은 엄마가 열심히 찾고 있으니까 조금만 기다려 달라고요."

진짜 집?

"진짜 집. 엄마는 맨날 그래요. 조그만 집이라도 갈 데가 있으면 당장이라도 갈 텐데, 갈 곳이 없으니까 당분간은 여기 살아야 한다고요. 아빠가 화나지 않도록 조심해야 한다고요."

그랬구나.

"그런데 아무리 조심해도 아빠를 화나게 만들어요. 나도, 엄마도요. 우리가 잘못해서 아빠가 화가 나는 거래요. 그러니까 벌을 받아야 하는 거고요."

아이는 그렇게 말하면서 몸을 뒤집었습니다. 저는 최대한 방바닥을 시원하고 부드럽게 만들었습니다. 방문 밖에서 아이의 엄마 목소리가 들린 것도 같습니다.

"몸이 뜨거운데 시원한 바닥에 있으면 조금 덜 아파요."

뜨겁다고? 그래서 불을 그린 거니? 아이가 내 몸에 그린 불꽃을 살짝 흔들어 보였습니다.

"네. 불이 날 것 같아요."

불이 나면 안 되지. 집에 불이 나는 건 정말 위험하고 가슴

아픈 일이야. 항상 조심해야 한단다.

가만, 불이라고? 번쩍, 좋은 생각이 떠올랐습니다! 진짜 불은 위험하지요. 하지만 가짜 불이라면? 그거다! 저는 1층부터 21층까지 내 몸을 샅샅이 살펴서 모든 소화전이 제대로 작동되고 있는지 확인했습니다.

그때, 아이의 방문이 쿵쿵 울렸습니다.

"누가 문을 잠궜어! 당장 문을 열어라!"

외치는 남자의 목소리가 들렸어요.

저는 아이에게 말했습니다. 내가 도와줄게, 아무 걱정하지 마. 알겠지? 아이는 비틀거리며 문으로 다가갔습니다. 놀라지 말고, 이건 가짜 불이니까.

아이가 문을 여는 순간, 남자는 커다란 손을 획, 들어 올렸습니다. 동시에 저는 온 힘을 다해서 소리쳤어요.

삐요! 삐요!

온 건물에 찌렁찌렁 소리를 쳤습니다.

화재 발생, 화재 발생, 모두 대피하세요!

꺅꺅 비명 소리가 집집마다 울리고, 우당탕탕 사람들이 집 밖으로 뛰쳐나오기 시작했습니다.

"불이야!"

소리가 메아리쳤어요. 남자도 허둥지둥 문 밖으로 뛰어나갔습니다. 쾅 하고 거실 의자에 발이 걸려 넘어져도 다시 일어나서 혼자 집 밖으로 도망쳤습니다. 사람들의 비명 소리가 온 아파트에 가득했습니다.

"살려 주세요, 살려 주세요."

목소리들이 울려 퍼졌습니다. 하지만 사람들은 곧 조용해졌지요. 어디서도 불꽃이나 연기 한 줄 보이지 않았으니까요.

저는 남은 힘을 모아서 2101호 거실에 스프링클러를 틀었습니다. 시원한 물줄기가 쏟아지자 아이는 기분이 좋은 듯 물을 맞았습니다. 구석에 쪼그리고 앉아 힘없이 축 늘어진 엄마가 아이를 보고 웃었습니다. 우리는 잠시 물놀이를 했어요. 그리고 그날 밤, 아이와 저는 비밀 약속을 했습니다.

*

"화재경보기가 고장 난 거였어요."

21층 남자는 주민들을 모아 놓고 설명했습니다. 그리고 덧붙여서 말했지요.

"더 잘된 일이에요, 여러분. 이제 재건축 허가가 멀지 않았다는 뜻입니다!"

여러분들은 좋아했지요? 너무 기뻐서 눈물을 글썽이는 사람도 있었어요. 특히 20층 아주머니 두 분은 손을 맞잡고 팔짝팔짝 뛰기도 했지요.

"다음 주에는 드디어 최종 안전 평가가 있습니다. 우리 모두 최하점을 받아서 꼭 재건축에 성공하도록 합시다!"

다들 크게 박수 쳤습니다.

"화재경보기를 고치지 마세요. 층간 소음이 들리면 기뻐하세요. 엘리베이터가 멈추면 힘차게 계단을 오르세요. 우리도 새집을 갖게 될 것입니다, 여러분!"

저에게도 잘된 일이었습니다. 이제는 화재경보기도, 층간 소음도, 엘리베이터도 마음대로 할 수 있으니까요.

그날부터 저는 더 열심히 움직였어요. 제가 할 수 있는 최선을 다했지요. 위층의 소리를 아래층의 사람들이 모두 들을 수 있도록 더 크게 울리게 했습니다. 고양이가 걸어가는 발소리를 호랑이가 뛰어가는 소리만큼 크게, 샤워하는 물소리는 폭포가 떨어지는 것처럼 시끄럽게, 의자를 살짝 끄는 소리도 천둥이 울리는 것만큼 무시무시하게, 제가 소리를 크게 내면 낼 수록 21개 층 42가구 모두 기뻐했어요. 화재경보기는 일주일에 다섯 번이나 잘못 울리게 했고요, 집집마다 초인종을 마구 울려 댔어요. 사람들은 화재경보기가 울리거나 초인종 소리를 들어도 아무도 집 밖에 나와 보지 않았지요. 집이 고장 나서 그런 거니까요. 엘리베이터는 수시로 멈춰서 이제는 다들 계단으로 다니는 것이 익숙해진 모양입니다.

아이도 저와의 비밀 약속을 지키기 위해서 열심이었습니다. 포근한 이불, 꼭 가져가고 싶은 책, 크레파스, 그리고 엄마의 옷들 중에서 제일 예쁜 옷과 맛있는 컵라면을 가방에 하나씩 모으기 시작했습니다. 그 사이에도 아이는 밤중에 종종 쫓겨났습니다. 하지만 밥도 열심히 먹고, 씩씩해진 아이는 계단을 쉽게 뛰어내려서 도망칠 수 있었어요. 20층, 19층, 18, 17, 16, 15 순식간에 1층까지 내려와서 아빠가 찾을 수 없는 곳에 쏙 숨었어요.

그리고 드디어 오늘이 왔습니다.

안전 진단을 나온 여러 명의 사람들이 내 몸을 이리저리 둘러보네요. 망치로 퉁퉁 벽을 두드립니다. 청진기로 이곳저곳에서 소리를 듣기도 하고요. 땅이 기울지는 않았는지 보고, 바닥이나 벽에 금이 간 곳에는 하얀 분필로 숫자를 적어 두기도 합니다.

"화재경보기가 자주 울린다고요? 불이 나지 않았는데요?"

"아유, 그렇다니까요. 어찌나 수시로 울리던지 아예 꺼 놓고 사는 집도 많아요."

5층 아주머니가 대답했지요.

"엘리베이터도 수시로 고장이 나고요?"

"그럼요. 어쩔 때는 버튼이 안 눌러지기도 하고, 21층에 서서 아예 내려오지 않을 때도 많아요. 그 꼭대기 층에만 서 있다니까요? 뭐 귀신 씐 것도 아니고."

20층 아주머니들, 귀신이라니요. 제가 그런 겁니다.

"층간 소음이 점점 심해진다고요?"

"네, 변기 물 내리는 소리가 천둥치는 것마냥 울린다니까요. 여기만 이런다니, 분명히 터가 안 좋은 거야."

그것도 제가 그런 거지요.

"언제부터 그런 겁니까?"

다들 고개를 갸웃거리네요.

"아, 맞다. 겨울 끝나고 봄 될 즈음이었지."

21층 할머니가 말하자 다들 고개를 끄덕였죠. 맞습니다. 그 날, 한 아이가 잠옷만 입은 채로, 신발도 신지 않고 계단으로 뛰어오던 날이었죠. 아이는 한 층, 한 층 뛰어내려오면서 소리 쳤지요.

문 좀 열어 주세요, 도와주세요. 20층, 19층, 18층, 17층, 16층, 15층, 살려주세요. 14층, 13층, 숨이 찬 아이가 누군가 계단실에 묶어 놓은 자전거 뒤에 몸을 숨겼죠. 그리고 뒤따라 커다란 발소리가 쿵쿵쿵 울렸죠. 모두 아시다시피 아파트 계단은 소리가 잘 울리죠. 하지만 아무도 내다보지 않았었죠. 봄이 될 즈음의 그날 밤이 시작이었죠. 이 모든 일의 시작이었지요.

수많은 카메라가 몰려와서 저를 찍습니다. 여러분은 다들 신이 나서 떡도 돌리고, 막걸리도 마시고 있네요. 저에게 옷도 입혀 주었고요. 저는 혼자 멀뚱히 여러분이 즐거워하는 것을 지켜봅니다. 제가 입은 옷에는 '축 D등급 판정, 재건축 확정 단지'라고 적혀 있네요.

40

막걸리에 얼큰하게 얼굴이 벌게진 남자가 엘리베이터를 타고 21층에 내립니다. 오늘만큼은 저도 엘리베이터를 고장 내지 않고 얌전히 남자를 내려 주었어요. 오늘이 바로 아이와 비밀 약속을 지키는 날이니까요.

아이와 엄마는 거실에 얌전히 앉아 있습니다.

"다녀오셨어요?"

아이가 먼저 남자에게 인사합니다.

"그래. 배운 대로 인사를 잘 하는구나. 역시 애들은 엄하게 키워야 말을 잘 듣지."

아이의 엄마가 일어나 가방을 듭니다.

"그건 뭐야?"

"우리는 이 집을 나가기로 했어요."

"나가? 픕, 푸하하하하!"

남자는 큰 소리로 웃기 시작합니다.

"집을 나간다니? 갑자기 무슨 소리지?"

"이 집은 진짜 우리 집이 아니에요."

엄마는 웃음소리에도 지지 않고 말합니다.

"진짜 집이 아니라니, 그게 무슨 뜻이지? 이제 곧 재건축이
되니까 진짜 집이 아니라는 건가?"

"아니요. 우리는 이 집에서 단 한 번도 마음 편하게 지낸 적
이 없어요. 매일 두려움에 떨었죠. 이건 진짜 집이 아니에요.
아이를 때리며 키우는 것도 안 되고요."

엄마는 아이의 손을 잡고 현관을 향해 걸어갑니다.

"당장 거기 서지 못해!"

남자가 쫓아옵니다. 금방이라도 폭발할 것 같은 얼굴을 하고
요. 화가 나서 얼굴이 붉으락푸르락하고, 발을 쿵쿵 구릅니다.

"당신은 이 집에서 혼자 사세요. 우리는 우리 집으로 갑니다."

"우리 집? 너희가 갈 데가 어디 있다고?"

신짜 우리 십이 생겼거는요.

아이가 남자를 향해 손을 흔들면서 말합니다. 남자가 아이를 향해 커다란 손을 들어 올립니다.

지금이야, 팟!

모든 불을 끕니다.

"정전이야!"

남자가 당황해서 소리치는 동안, 저는 슬머시 현관문을 엽니다. 아이와 엄마는 조용히 문을 빠져나옵니다. 저는 두 사람이 안전하게 문밖으로 나온 것을 확인하고 문을 쾅! 닫습니다.

"으악! 무슨 소리야!"

남자가 소리칩니다. 이제부터 시작입니다. 저는 최대한 빨리 불을 켰다가 껐다가를 반복합니다. 깜빡깜빡, 남자의 몸이 보였다 안 보였다 합니다. 현관문 쪽으로 달려가서 문을 열려고 합니다. 다시 한 번 저는 문을 쾅, 닫습니다.

"크악!"

남자는 손가락을 감싸 쥐고 주저앉습니다. 이제부터는 정말 내 마음대로 해도 되겠네요. 그동안은 절대로 하지 못했던 일들, 예를 들면 바닥을 흔들고, 창문을 꽝꽝 닫고, 초인종을 백 번 울리고, 물이란 물은 전부 다 제일 세게 틀어 버리는 것 같은 일들 말이죠. 삐요삐요, 화재경보도 마지막으로 울려 봅니다.

"그만, 그만해!"

남자는 소리치면서 겨우 현관문을 찾아서 밖으로 나갑니다. 저는 엘리베이터를 21층에 대기시켜 놓았지요. 그리고 조금

거칠게 엘리베이터를 내렸습니다. 한 층씩 쿵, 쿵, 떨어지면서 남자가 무서워하는 걸 조금 지켜보았습니다. 제가 본 그날의 아이는 지금 당신이 느끼는 것보다 백 배, 아니 천 배는 더 무서워했습니다.

밖으로 나간 남자는 뒤도 돌아보지 않고 뛰어갔습니다. 이 망할 놈의 집! 하는 소리가 단지 안에 울려 퍼졌지만 아무도 내다보지 않았습니다.

*

이제 모두 나를 떠났습니다.

마지막 집의 이삿짐을 실은 트럭이 떠나자마자, 거짓말처럼 눈이 내리기 시작합니다. 나는 또다시 허물어지기를 기다리고 있습니다. 생각만큼 많이 아프지는 않지만, 거대한 공사 기계들이 몰려오는 것이 무섭습니다.

맞은편의 117동도, 116동도 모두 이사를 나갔습니다. 컴컴한 아파트 안에 눈이 쌓이는 소리만 들립니다. 모두들 내일 닥칠 일을 생각하며 쉬고 있는지 다른 집들 모두 아무 말이 없습니다.

아, 풍성하게 떨어져 소복이 쌓이는 눈을 보고 있자니 옛날 생각이 많이 납니다.

처음으로 이 집에 살았던 가족은 다른 지역에서 이곳으로 이사를 온 젊은 부부였습니다. 그때는 지금과는 많이 달랐죠. 한 층으로 된 아주아주 작은 집이었죠, 나는. 마당도 아주 작았고, 담을 훌쩍 뛰어넘어 들어오는 고양이도 막지 못하는 집이었죠. 하지만 부부는 그런 나를 좋아해 주었습니다. 깨끗이

46

쓸고 닦고, 화단도 만들고, 매일 집에 들어오면서 '역시 집이 최고야!'라고 큰 소리로 말해 주었습니다.

그늘이 아이를 낳았을 때 나는 최선을 다해 아이를 지켜 주었습니다. 계단을 있는 힘껏 낮추어, 떨어져도 크게 다치지 않도록 해 주었습니다. 부모님이 모두 일하러 나가시면 대문을 꼭 잠그고, 가스불에 다가가지는 않는지, 마당에 핀 꽃을 가지고 잘 놀고 있는지 하루 종일 아이의 움직임을 살폈지요. 때때로 아이가 이불에 오줌을 쌀 때면 나는 담장의 뒤꿈치를 살짝 들어 올렸습니다. 밖에서 이불 빨래가 보이지 않도록 말이에요.

그 후에 나는 이층집이 되었습니다. 어른이 된 아이는 이층에서, 할머니 할아버지가 된 부부는 일층에서 살았죠. 그렇게 나는 두 집이 되었습니다. 신경 쓸 일이 더 많아졌지만, 잘 해냈습니다. 이층에도 아이가 생기고, 아이를 안전하게 지켜 주는 것은 이미 한 번 해 보았기 때문에 어렵지 않았지요. 노부부가 사는 아래층에는 조금이라도 더 햇빛이 많이 들어오게 하려고 창문을 매일 조금씩 비틀었지요. 그럴 때마다 창문이 빽빽 소리를 내기도 했어요.

아주 추웠던 어느 겨울에는 아무리 노력해도 보일러가 망가지는 것을 막지 못해서 온 집 안이 냉장고가 되어 버린 적도 있었지만요. 그래도 우리 집에 사는 사람들은 행복했어요. '퇴근하고 집에 오는 길이 행복해.'라고 이층의 젊은 부부 중 남자가 말하면, '정말이야, 포근하고 아늑한 이 집에서 죽을 때까지 살고 싶어.' 하고 젊은 부부의 여자가 대답했어요. 그러면 그들의 작은 아이는 '우리 집, 우리 집.' 하고 노래를 했어요.

하지만 그것도 오래가지는 못했습니다.

젊은 부부와 그들의 아이, 노부부는 나를 팔아 버리고 어딘가로 이사를 가 버렸습니다. 할아버지가 내 마당과 담벼락, 1층과 2층 구석구석을 돌아보면서 '참 좋은 집이었는데.'라고 중얼거린 것이 마지막이었습니다. 그 가족은 다시는 이 동네에 돌아오지 않았습니다. 나를 구입한 사람은 곧 나를 허물고 새로운 집을 지었습니다. 1층에는 주차장이 있고 5층까지 두 집씩 여덟 가구가 있는 빌라였습니다. 그것도 벌써 30년이나 지난 이야기네요.

그 후에는 지금의 아파트로 다시 한 번 더 지어졌고, 그리고 이제 나는 또 허물어질 것입니다. 귀동냥으로 들은 사람들 말로는 50층짜리가 지어질 거라고 합니다. 앞으로 내 집에는 몇 명의 사람들이 살게 될까요? 제가 과연 그 사람들의 편안하고 안락한 보금자리가 되어 줄 수 있을까요?

불이 켜지네요. 22층입니다.

네? 모두 다 이사를 간 게 아니었냐고요? 아직이요, 바로 여기, 22층이요. 내가 지나왔던 집 중에 가장 안전하고 따뜻한 집이에요. 바로 내가 만들었지요. 아이와의 약속이 바로 이것입니다. 제가 만든 22층, 그 안에서 아이와 엄마가 살고 있습니다. 모두 떠나기만을 기다리면서 따뜻하고 조용한 집에서 지냈습니다.

아이가 나오네요. 아이는 그새 많이 컸어요. 비쩍 말랐던 애가 볼살도 제법 통통해졌어요. 이젠 아프지도 않고요. 엄마도 건강해 보입니다. 두 사람의 짐이 든 가방도 번쩍 들 수 있을 만큼요.

두 사람을 위해서 마지막으로 엘리베이터를 운행해야겠습

니다. 저 큰 가방을 들고 계단을 걸어 내려갈 수는 없을 테니까요.

엘리베이터 안에서 엄마가 말합니다.

"이제 진짜 우리 집으로 가는 거야."

"진짜 우리 집이요?"

아이가 묻습니다.

"그래, 돌아오고 싶은 집, 편하고 따뜻한 집."

"여기가 우리 집인데요?"

엄마는 슬픈 얼굴로 고개를 양옆으로 젓네요.

"여기는 곧 철거될 거야. 철거는 집을 다 허문다는 뜻이야."

"왜요?"

"새 집을 지어서 살기 위해서지. 그러려면 시간이 오래 걸리기 때문에 우리는 다른 곳으로 이사를 가는 거야."

엄마의 말에 아이는 손뼉을 치면서 기뻐하네요.

"그러면 두 번째 우리 집이네요!"

"맞아. 두 번째 우리 집. 여기는 첫 번째."

나는 작은 목소리로 말했습니다. 22층 집을 잊지 말아 줘.

아이가 엘리베이터 벽을 쓰다듬어 줍니다.

"나는 22층 우리 집을 잊지 않을 거예요."

눈발을 뚫고 아이와 엄마가 걸어갑니다. 아이가 돌아보고 손을 흔들어 줍니다. 나는 울었습니다. 한 번도 울지 않았는데요. '축 D등급 판정, 재건축 확정 단지'라는 옷을 입었을 때도, 사람들이 거지 같은 집구석이라고 말할 때도, 집값이 안 오르니 애물단지 취급을 할 때도, 나는 한 번도 울어 본 적이 없는데요. 오늘은 눈물이 나서 참을 수가 없습니다. 내 몸을 감싼 현수막이 다 젖도록 울었습니다. 아이의 모습이 보이지 않을 때까지 울었습니다.

눈이 와서 다행입니다.

거기 돌 있는 데

나, 돌.

어디서 굴러왔는지 모르겠다, 그냥 있다, 여기에.

처음 들린 소리는 쿵쿵, 이었다. 그 소리에 눈이 떠졌다, 딱.

흙먼지 속에서 커다란 차들과 사람들이 바쁘게 지나다녔다, 나를 가운데 두고. 시끄러운 소리가 들렸다, 계속, 계속. 너무 시끄러워서 다시 잠을 잤다, 눈을 꼭 감고 귀를 꼭 막고. 그것이 내가 할 수 있는 전부였다.

그다음에는 몸이 근지러워서 다시 눈이 떠졌다, 슬며시. 실눈으로 둘러보니 수많은 손이 나를 밀고 있었다. 움직이지 않았다, 나는 움직이는 법을 몰랐으니까. 커다란 기계를 가져와 밧줄로 내 몸을 꽁꽁 묶어 들어 올리려고 했다. 그러다 고장이 났다, 기계가. 그래서 사람들은 내 몸만 빼고 흙바닥 위로 작은 보도블록을 깔았다, 빼곡히. 나는 작은 돌들에게 말을 걸어

보았다. 자네들은 어디에서 왔나? 모두 똑같은 색깔을 하고 똑같은 모양을 한 돌들은 아무 대답도 하지 않았다.

그래서 나는 그냥 길에 있는 돌이 되었다, 다시 눈을 감고 잠들었다.

푹 자고 깨니까 엄청나게 높은 건물들이 나를 둘러싸고 있었다. 내 오른쪽은 109동이고, 내 왼쪽은 901동이다. 나는 109동과 901동 사이에 있다, 딱 한가운데.

길이 생기고 나무도 심고 그러자 사람들이 가득 차기 시작했다, 109동에도 901동에도. 셀 수 없이 많은 사람들이 건물 한 칸 한 칸을 채웠다. 와글거리는 소리가 내 양옆에서 들렸다. 나는 한가운데서 모든 소리를 들었다.

그때부터 사람들은 나를 '거기 돌 있는 데'라고 부르기 시작했다. 그래서 나는 내 이름이 '거기 돌 있는 데'라는 것을 알게 되었다. 사람들은 나를 지나쳐 갔다. 내 앞에서 만나거나 걸터앉거나 기대 쉬거나 드러눕기도 했다.

아침이 되면 901동에 사는 아이들이 나를 콩콩 밟고 학교에 간다. 꼭 나를 콩콩 밟아야만 하루가 시작되는 것처럼 반드시 그랬다. 학교는 109동을 지나서 108동도 지나서 단지 끝에 있다고 했다. 아이들이 달려오면 나는 몸을 조금 더 움츠렸다. 이러다가 점점 작아져서 돌멩이만큼 작아지는 거 아닌가, 생각하면서.

아이들이 지나가고 나면 할머니들이 와서 앉는다. 떡이나 땅콩 같은 것들을 먹고 뜨끈한 커피를 담아 와서 나눠 마시기도 했다. 시장바구니가 무겁다고 내 위에 올려 둘 때면 오늘은 뭘 사셨는가 궁금했다. 얼린 생선이 녹아 비릿한 물이 뚝뚝 떨어지면 그제야 "어이쿠, 벌써 시간이 이렇게 된 거야. 여기 앉으면 시간 가는 줄을 모르네." 하며 집으로 돌아갔다.

유모차들이 덜덜덜 바퀴 소리를 내며 다가오면 나는 정말로 신이 난다. 부드럽고 따뜻한 아기 엉덩이가 내 몸에 살짝 닿을 때면 기분이 날아갈 것처럼, 아니 데굴데굴 굴러갈 것처럼 좋아졌다. 유모차에 기대어 조잘대는 아기 엄마들의 수다가 영원히 끝나지 않았으면 좋겠지만 유모차 부대는 곧 901동을 지나 개천 쪽 산책로로 덜덜덜 소리를 내며 멀어진다.

학교에서 돌아오는 아이들은 또 내 위에서 콩콩 뛴다. 아이들은 학교가 끝나도 바로 집으로 가지 않고 꼭 109동 앞에 있는 놀이터에 모여서 놀았다. 901동 앞에도 놀이터가 있지만 대체로 109동 앞에 있는 놀이터에서 놀았다. 거기 놀이터가 더 좋다나 뭐라나. 901동 놀이터는 그네가 끊어졌는데 안 고쳐 준다나 뭐라나. 109동 지나서는 금방 큰길로 나갈 수 있어서 핫도그도 사 먹고, 떡볶이도 사 먹고, 문구점도 갈 수 있다나. 그런 얘기들을 내 위에서 콩콩 뛰면서 했다.

아이들이 집으로 가고 나면 고양이들이 몰려온다. 처음에는 한 마리였는데 두 마리가 되더니 순식간에 일곱 마리가 되었다. 해 질 녘에 몰려와서 낮 동안 내가 뜨끈하게 덥혀 놓은 몸뚱이 위에 궁둥이를 붙였다. 갈고리 같은 발톱을 갈아 대며 시원해 하기도 했다.

깜깜한 밤이 되면 경비 아저씨가 손전등 빛으로 나를 쓱 비춘다. 가끔 술 취한 아저씨들이 집으로 돌아가는 길에 "잠깐 쉬었다 가자." 하다가 그만 잠들어 버리는 경우가 있어서 꼭 나를 비추고 간다.

그 시간이 되면 나는 생각한다. 모두들 돌아갈 곳으로 잘 돌아갔구나, 이제 나도 잠 좀 푹 자야지, 돌처럼 자야지. 대체로 비슷한 날들이 지나갔다.

어느 볕 좋은 날에 901동에 사는 할머니가 내 몸에 널어서 말렸다, 고추를. 매콤한 고추를 온몸으로 받치고 있자니 근질근질하며 재채기가 날 것 같기도 했다. 에에- 그때 '거기 돌

있는 데'서 모인 유모차 세 대 중 109동 유모차 여자가 눈살을 찌푸리며 말했다.

"할머니, 여기에 널으면 애들이 뭔지 모르고 집어 먹겠어요. 집에서 말리시면 안 돼요?"

"여기에 널어야 햇빛 받아서 좋은데. 애들도 고춧가루 먹어야지, 왜."

할머니의 대답에 여자는 쯧, 소리를 내며 돌아섰다. 유모차들은 덜덜 소리를 내며 갔다, 901동을 지나서 개천 산책로로. 덜덜 소리에 섞여서 몇 마디 소곤대는 소리가 들렸다.

"저런 행동이 다 아파트 품위를 망치는 건데, 하필 임대 동하고 딱 붙어 있을 게 뭐야."

"맞아 맞아."

매운 고추보다는 보송보송하고 따뜻한 엉덩이를 슬쩍 기대었다가 가도 좋은데. 참았던 재채기가 에엣취, 터지자 고추 몇 개가 떨어졌다. 할머니는 곧 고추를 거두고 왠지 뾰로통한 주름을 지으면서 901동으로 돌아갔다.

어느 날에는 109동 앞 놀이터에서 큰 소리가 났다. 우왜앵-

62

아이의 울음소리가 아파트 건물 사이를 지나며 왱왱 울려 퍼졌다.

"내가 안 밀었다니까, 쟤가 그냥 넘어진 거라고."

"으악! 피다! 코피 난다!"

소란스러운 목소리에 내다보는 사람도 있었지만 대수롭지 않다는 듯 금세 창문을 닫았다.

그날 저녁 아빠 두 명과 아이 두 명이 나를 쪼르르 둘러섰다. 나는 졸지에 심판 보는 돌이 되었다. 109동 아이는 코에 하얀 휴지를 틀어막았다.

"잘 놀다가 싸우기도 하는 게 애들이니 그러려니 합시다."

109동에 사는 아이의 아빠가 말하자, 901동에 사는 아이의 아빠는 나에게 머리가 닿을 듯이 고개를 푹 숙였다. 자기 아들이 고개를 숙이지 않자 아이의 머리를 손으로 지그시 눌렀다.

"내가 그런 게 아니라……."

아이가 씩씩거렸지만 901동 아빠는 누르는 손은 떼지도 않고 109동 아빠에게 주스를 내밀었다, 한 박스나.

"주스는 괜찮습니다."

그러면서 109동 아이의 손을 잡고 돌아가면서 말했다.

"저 아이와는 앞으로 같이 놀지 마라."

"왜요?"

"좀 폭력적인 아이 같구나."

아이에게 말하더니 '임대 동 하고 놀이터를 같이 쓰면 안 되지.'라는 중얼거림이 들렸다.

901동에 사는 아이도 아빠 손을 잡고 돌아가면서 말했다.

"내가 그런 게 아니라 혼자 넘어졌는데 내가 그 옆에 있어서 피한 거라고. 아 진짜 내가 태권도 검은띠인데 저렇게 쪼끄만 녀석을 때리겠냐고!"

분이 풀리지 않는 목소리가 901동 현관 앞에서 웅웅 울렸지만 아빠는 한 번만 더 이러면 태권도 끊어 버린다고 했다.

다음 날 학교에서 돌아온 코피와 검은띠가 내 앞에서 마주쳤다, 딱. 둘 다 내 위에 올라 콩콩 뛰고 싶은 모양인데 서로 어색하게 눈치만 보고 섰다. 그러다 검은띠가 먼저 내 위에 털썩 앉았다. 코피도 그 옆에 움찔거리며 앉았다.

"근데 임지훈, 너네 아빠는 왜 내가 때렸다고 해?"

검은띠가 코피에게 물었다.

"몰라. 내가 그냥 넘어진 거라고 했는데 안 믿어."

코피가 대답했다.

"내가 901동 살아서 그런 거 아니야?"

"왜?"

"어른들은 그러잖아. 어디 사는지 물어보고."

검은띠가 입술을 삐죽 내밀고 시무룩한 표정이 되었다. 코피가 말했다.

"엄마가 그러는데 우리 집도 우리 집이 아니래."

"너네 집이 아니라고?"

"응. 현관만 우리 꺼고 나머지는 은행 거래. 그래서 나는 처음 이사 왔을 때 현관에서 자야 하는 줄 알았다니까."

코피의 말에 둘은 마주 보고 깔깔 웃었다.

"너 진짜 검은띠야?"

"응."

"그럼 나 태권도 조금만 가르쳐 주라."

"너가 아빠한테 다시 말해 주면. 내가 때린 거 아니라고."

"알겠어."

코피와 검은띠가 얘기하는 사이에, 개를 데리고 나온 아이가 지나가는데 개가 나에게 코를 대고 킁킁 냄새를 맡았다. 그러고 뒷다리를 치켜들었다. 제발, 내 몸에 오줌을 누지 마. 나는 몸뚱이를 요리조리 움찔거렸다. 그러다가 순간, 오른쪽 귀퉁이가 슬쩍 들리는 느낌이 들었다. 엇, 이게 뭐지? 그때 108동 사는 아이가 다가와 말을 걸었다.

"강아지 만져도 돼?"

"그럼. 만져 봐."

"나 강아지 처음 만져 봐."

"나는 맨날 만지는데."

"좋겠다. 너 몇 동 살아?"

"나는 여기 안 사는데? 저기 빌라 사는데."

108동 아이는 잠깐 고개를 두리번두리번하더니 "아, 저쪽 시장 있는 데?" 하고 손가락으로 가리켰다.

"너는 여기 살아?"

"응, 108동 702호."

"엄마가 여기 아파트 엄청 좋다고 했는데."

그때였다. 강아지가 궁둥이를 낮추고 끙차, 하는 소리를 내었다. 구린 똥냄새가 퍼졌다. 코피와 검은띠도 돌아보면서 코를 틀어막았다.

"으악! 똥 냄새!"

네 아이는 코를 틀어막고도 킥킥 웃었다.

"배변 봉투 있어."

빌라 아이는 익숙한 손놀림으로 강아지 똥을 봉투에 담았다.

"있잖아, 그거 나 주면 안 돼?"

"뭐어?"

다들 놀란 눈으로 108동 아이를 쳐다봤다.

"동생 보여 주려고. 동생은 밖에 잘 못 나가서 밖에 있는 것들을 가져다 주면 좋아하거든."

"으윽, 그래도 똥인데?"

"한번 보여 주고 버릴게."

"그래!"

빌라 아이는 108동 아이의 손에 배변 봉투를 건네주었다.

"우리 아파트 놀이터 가서 놀래?"

코피가 말하자 검은띠와 108동 아이가 고개를 끄덕였다.
빌라 아이가 물었다.

"우리 강아지도 가도 돼?"

"당연하지!"

그래서 아이들은 쪼르르 놀이터로 달려갔다.

친구란 저렇게 금세 화해하고, 개똥 하나로 새 친구가 되는 것인가, 나는 생각했다. 나도 친구가 있으면 좋겠다, 보도블록들은 비슷하게 생겼지만 친구가 아니다, 그런 생각을 하자 몸이 움찔거렸다. 그리고 오른쪽 귀퉁이가 또 슬쩍 들어올려졌다. 나는 슬쩍 내렸다가 다시 들어보았다. 그리고 이번에는 조금 더 세게 쾅, 내려 보았다. 어느새 다가와 내 몸뚱이에 발톱을 갈아 대던 새끼 고양이 한 마리가 끼야옹, 비명을 지르며 도망쳤다.

대체로 경비 아저씨가 손전등을 비추며 단지 안을 한 바퀴 돌고 나면 별다른 일이 벌어지지 않지만, 그날은 달랐다. 109동에 모인 사람들이 속닥였다.

"11층 사는 아이가 맞아서 코피가 났다는 거죠? 왜 그랬대요?"

"우리 놀이터에서 놀다가요."

"왜 여기에서 놀아요? 임대 동에도 놀이터가 있는데."

"이쪽 놀이터가 더 좋으니까요."

"그래서 애 아빠는 뭐라고 했대요?"

"괜찮다고 했대요, 애들 싸움인데 치료비 달라고 하기도 그렇고."

"얼마 전에는 거기 돌 있는 데 있잖아요, 거기에 고추를 말리고 있더라니까요?"

"근데 임대 동 사람들은 왜 이쪽으로 다녀요? 여기는 길이 아니라 우리 단지잖아요. 여기 사는 사람들만 쓸 수 있어야 하는 거 아녜요?"

"아래 빌라 사람들도 이쪽으로 다니더라고요."

"빌라 사람들이요?"

"네, 우리 애가 그러는데 빌라 사는 애가 개까지 데려와서 놀이터에서 논다던데요?"

"여기가 공원도 아니고. 어쩐지 요새 개똥이 많이 보인다 했어요."

"불안해서 살 수가 없다니까요, 모르는 사람들이 지나다닌다고 생각하면."

"쓰레기도 막 버리고 다닐 거라고요, 이거 무슨 조치를 취해야지, 안 그래요?"

속닥속닥 소리 때문에 나는 밤새 한숨도 못 잤다.

그리고 생겼다, 109동 앞으로 철망이. 죽.

'안전을 위해 외부인의 출입을 금지합니다'라고 적힌 현수막이 내 머리 위로 길게 걸렸다. 철망 너머로 사람들이 조르르 매달려서 말했다.

"갑자기 이렇게 길을 막으면 어떡해요?"

901동 사람이 말하자 109동 사람이 대답했다.

"여기는 우리 단지고 사유지예요. 길이 아니고요."

그러자 901동 사람이 말했다.

"우리도 같은 단지예요."

"아, 거긴 다르지요. 거기는 9로 시작하니까 다른 단지입니다."

109동 사람 중 한 명이 대답했다.

"그럼 우리 901동 지나서 개천 산책로로 가는 사람들도 못 지나가게 합시다."

"옳소!"

901동 사람들이 외쳤다.

그리고 또 생겼다, 901동 앞으로 철망이. 나만 혼자 철망 사이에 덩그러니 남았다. 길을 한번 잘못 들어오면 철망을 따라서 빙 돌아가야 하기 때문에 아무도 내 근처로 오지 않았다. 아침마다 901동 아이들은 지각을 했다. 109동을 지나가던 것보다 거리가 두 배나 길어져서, 십 분이나 일찍 일어나야 했기 때문이다. 십 분이나 일찍 일어나는 아이는 거의 없었다.

"아 씨, 저기로 가면 금방 가는데."

짜증 섞인 목소리로 투덜대면서 뛰어가는 아이들 사이로, 한 아이가 철망을 넘어갔다. 아니 가려다가 그만 뾰족한 부분에 바지가 걸려서 쭉 찢어지고 말았다. 아이는 엉엉 울면서 다시 철망을 따라 뛰어갔다. 내 위에서 콩콩 뛰고 지나가는 아이는 한 명도 없다.

고추 할머니는 고추가 가득 든 비닐봉지를 들고 철망 앞에서 두리번거렸다. 이쪽으로 돌아가는 게 빠를지 저쪽으로 돌아오는 게 빠를지 생각하더니 이내 봉지를 들고 집으로 돌아갔다. 유모차 부대도 다른 산책길을 찾았는지 오지 않았다. 나는 할머니들의 장바구니 냄새도, 매콤한 고추 냄새도, 아기들의 따뜻한 촉감도 그리웠다.

아이들은 여전히 학교가 끝난 후에 109동 놀이터에 모였

다, 그래도 되는 줄 알았다. 109동에 사는 한 아저씨가 놀이 터에서 노는 아이들을 불러 모으기 전까지는. 아저씨는 한 명, 한 명에게 몇 동 몇 호에 사는지 물어보고는 여기 살지 않는 애들은 109동 놀이터에서 놀 수 없다며 나가라고 했다. 901 동 검은띠가 큰 소리로 말했다.

"여기 친구가 있어서 같이 노는 건데요?"

"남의 놀이터 쓰면 도둑놈이야!"

109동 아저씨가 무섭게 소리치면서 아이들을 잡으려고 했 다. 아이들은 꺄악 비명을 지르면서 도망쳤다.

밤이 되자 경비 아저씨만 철망 사이로 나를 한 번 비춰 보 고 지나갔다.

나는 도무지 잠이 오지 않았다. 잠깐 잠이 들었다가도 곧 깼 다, 아무도 깨우지 않았는데도.

내 이름이 '거기 돌 있는 데'인줄 알았는데 아니었던가? 사 람들이 만나고 걸터앉고 기대 쉬거나 드러눕는 것이 '거기 돌 있는 데'가 아닌가, 그렇지 않다면 나는 여기 왜 있는 것인가?

여기가 내 집인 줄 알았는데 아니었나. 내 집은 어디인가. 나는 어디서 왔는가. 진짜 내 이름은 무엇인가. 무거운 생각들이 꼬리에 꼬리를 물고 이어져 영 잠을 잘 수 없는 날들이 계속됐다.

그 아저씨는 갑자기 나타났다.

아저씨는 109동에 온 것도 아니고 901동에 온 것도 아니고, 딱 그 가운데 내 앞으로 왔다. 아저씨는 내 옆에 작은 테이블을 펼치고 빵을 늘어놓았다. 달콤하고 고소한 냄새를 풍기는 포동포동한 빵들이었다. 빵 냄새가 아파트 단지를 돌고 돌았고, 바람이 살짝 불자 그 냄새는 소용돌이를 일으켜서 모든 집집마다 폭풍처럼 몰아쳤다. 아이들이 달려왔다. 109동에 사는 아이들도, 901동에 사는 아이들도, 빌라 사는 아이들도, 빵 냄새를 맡은 아이들은 전부 왔다.

달리기가 빠른 아이들은 벌써 철망을 따라 출입구로 나와서 뛰었다. 눈썰미가 좋은 아이들은 단지 안 분리수거함에서 버려진 의자를 가져와 밟고 올라서서 철망을 넘었다. 키가 작고 약한 아이들은 다 같이 손을 잡고 넘겨 주었다. 힘이 센 아이가 철망을 잡고 세게 흔들었을 때, 땅속에서 아주 미세한 진동이 울리는 것을 느꼈다.

가장 먼저 도착한 아이들이 아저씨에게 물었다.

"얼마에요?"

"어린이는 공짜. 대신 어른들에게 사 달라고 전해 주기만 하면 된단다."

"우아!"

"진짜 맛있겠다!"

검은띠와 코피는 나란히 서서 빵을 받고, 동시에 한입 베어 먹었다. 안에서 노란 크림이 톡 터져 나왔다. 둘은 황홀한 표정이 되어 배시시 함께 웃었다. 얼마나 맛이 좋은지 코피는 손가락까지 깨물 뻔했다.

108동 아이와 빌라 아이도 빵을 받았다. 아이들은 내 위에 걸터앉아서 손가락에 묻은 크림까지 남김없이 먹었다. 그러고는 예전처럼 내 위에서 콩콩 뛰며 놀았다.

검은띠는 태권도 학원에서 시범단 뽑는데 사범님이 제일 앞줄에 세워 줬다고 했고, 코피는 태권도 다니고 싶다고 했는데 엄마가 영어 두 달만 더 다니면 해 준다고 했다. 빌라 아이는 동생이 개똥을 보고 좋아했냐고 108동 아이에게 물었고, 108동 아이는 너무 좋아했다며 오늘은 동생을 위해서 예쁜 돌멩이를 수집할 거라고 했다. 곧 아이들은 다 같이 특별한 돌멩이를 찾아 나섰다.

"이 철망 없으면 좋겠다, 진짜."

"맞아, 맞아."

아이들의 말을 들으며 나는 생각했다. 아, 아이들이 또 놀러 오면 좋겠다. 내 위에 앉아서 빵도 먹고 얘기도 하면 좋겠다. 학교를 오가는 길에 내 위에서 콩콩 뛰면서 놀면 좋겠다. 저 철망만 없으면 아이들이 더 자주 올 텐데.

냄새를 맡고 철망 근처까지 온 어른들도 있었지만, 아무도 빵을 먹으러 오지는 않았다.

며칠 뒤, 아저씨가 또 왔다. 이번에는 고기 꼬치였다.

작은 테이블에 철판을 올려놓고 고기와 채소가 섞인 꼬치들을 뱅글뱅글 돌려 가며 구웠다, 짙은 갈색으로 빛나는 양념도 붓으로 슥슥 발라 가면서. 그 냄새가 지난번처럼 온 아파트 단지를 떠돌면서 사람들의 콧구멍을 후볐다. 아이들은 단숨에 철망을 넘거나 뛰어와서 고기 꼬치를 받아먹었다.

"우아! 진짜 맛있다! 닭꼬치보다 훨씬 맛있어!"

하지만 어른들은 여전히 철망에 매달려 군침을 슬슬 흘리기만 할 뿐이었다. 109동 쪽 사람들도, 901동 사람들도, 누가 먼저 철망을 넘어 가려나 눈치만 보고 섰다.

"그게 뭐요?"

고추를 말리려고 철망을 따라 빙 돌아온 901동 할머니가 아저씨에게 물었다. 아저씨는 지글거리며 김이 모락모락 나는 꼬치 한 개를 할머니에게 건네주었다. 양파도 있고 파프리카도 있어서 알록달록 색깔도 예쁜 꼬치를 한 입 물고 할머니는 눈이 휘둥그레졌다.

"아주 맛있네!"

할머니의 말에 109동 아저씨가 소리쳤다.

"여기 다섯 개 갖다 줘요!"

그러자 빙글빙글 꼬치를 돌리던 아저씨가 말했다.

"오셔서 드셔야 합니다. 배달은 안 돼요."

그러자 109동 아저씨가 철망을 넘었다. 고기 꼬치를 한 입 베어 먹은 109동 아저씨는 철망 너머로 자신의 부인에게 얼른 오라며 손짓했다. 곧 109동 사람들도, 901동 사람들도 하나둘 철망을 넘거나 철망을 따라 빙 돌아왔다. 경쟁하듯이 아저씨 앞으로 두 줄이 나란히 늘어섰다. 이미 고기 꼬치를 다 먹고 내 몸에 걸터앉은 901동 할머니는 새빨간 고추를 한 줌 꺼내 내 몸에 얹었다. 109동 유모차 여자가 고기 꼬치를 받아 들고 할머니 옆에 와서 앉았다. 그리고 황홀한 표정으로 고기 꼬치를 맛나게 먹다가 할머니를 돌아보았다.

"어머, 할머니 그때도 여기서 고추 말리지 않으셨어요?"

"맞아, 집에는 볕이 잘 안 들어서."

"색깔이 참 곱네요. 아파트 사니까 이런 풍경 볼 기회가 없잖아요."

"그치, 때깔이 곱게도 익었어, 이것 좀 봐."

"이참에 우리 아파트에도 공동 텃밭 같은 걸 만들어 볼까요?"

여자가 말하며 유모차에서 아기를 꺼내어 내 위에 앉혔다. 아이는 그새 조금 더 자라서 꽤나 묵직해졌다.

줄은 차례로 줄어들고 사람들은 저마다 손에 하나씩 고기 꼬치를 들고 황홀한 표정으로 입을 오물거렸다. 나는 생각했다. 나도 먹고 싶다, 저 고기 꼬치. 얼마나 맛있기에 사람들이 행복한 표정을 짓는 걸까? 사람들이 모두 집으로 돌아가고 난 후에도 나는 내 몸에 남은 꼬치 냄새와 아기 냄새, 고추 냄새

를 떠올렸다. 아, 행복하다는 것이 이런 것일까? 나는 오른쪽
궁둥이를 들어 쿵, 왼쪽 궁둥이를 들어 쿵, 했다. 돌이 기분이
좋을 때는 쿵쿵거리는 법이지, 내가 생각해도 꽤 그럴듯한 말
이었다.

　며칠 뒤, 아파트에는 매콤한 냄새가 풍겼다. 라면 냄새였다.
라면을 기다리면서 두 줄의 사람들은 자연스럽게 짝꿍이 되
어서 이야기를 나누기 시작했다. 첫째 줄은 코피의 아빠와 검
은띠의 아빠였다.
　"지난번엔 제가 잘못 알아서 실례했습니다. 우리 아이가 혼
자 넘어진 거라더군요."
　"괜찮습니다. 한동네 살면서 친구끼리 그럴 수도 있는 거지
요. 하하."
　"아드님이 씩씩해서 좋으시겠습니다. 저희 애는 공부만 잘
하지 운동은 영 관심이 없어서."
　"아닙니다. 엄마 없이 키워서 거칠기만 해서 걱정이 많습니다."
　"대단하시네요. 혼자 아이 키우시기 힘드실 텐데."
　"다음에 저희 집에 초대하겠습니다. 아빠들끼리 한잔하시죠?"

"그럽시다. 그나저나 이 라면 정말 맛있네요."

둘째 줄은 901동에 사는 아주머니와 109동 사는 유모차 여자였다.

"애기가 얼굴에 열꽃이 폈네?"

"아니요, 아토피예요. 아무리 병원을 가도 안 낫더라고요."

"아토피?"

"속상해 죽겠어요."

"저기 901동에 한약 잘 짓는 할아버지 안 있나."

"진짜요?"

"그래, 그 할아버지가 평생 한약방 운영하다가 아들놈이 사고치는 바람에 재산 다 잃고 여기 임대로 들어왔다 안 하나. 한번 가 보래이."

"어머, 정말요?"

"마침 저 있네, 뒤에 저 영감."

셋째 줄은 이랬다.

"무슨 음악 들으세요?"

"아, 제가 작곡한 거예요."

"작곡을 하세요?"

"네, 실용음악과예요. 게임 음악 만들고 있어요."

"게임 음악?"

젊은 청년 둘이었다.

"마침 우리 회사에서 개발한 게임이 있는데 음악이 필요하거든요. 들어볼 수 있을까요?"

빌라에 사는 청년은 귀에서 이어폰을 빼서 107동 청년에게 건네주었고, 107동 청년은 고개를 까닥이며 음악을 들었다.

"이 음악을 직접 작곡한 거라고요?"

후루룩 쩝쩝 짭짭, 하는 소리가 하루 종일 내 귀를 간질였다.

나는 아저씨가 오는 날만을 기다렸다. 아저씨가 오면 모두 예전처럼 내 주변에 모여서 이야기를 나누고 크게 웃고 맛있는 걸 먹으니까, 그럴 때면 내가 아주 특별한 돌이 된 것 같다. 맛있는 향기가 나고 사람들이 몰려드는 특별한 돌. 사람들도 언제 아저씨가 다시 올까 기다렸다. 이번에는 어떤 메뉴일까, 상상하면서.

그러다가 어느 날 109동 사람들이 철망의 한쪽을 뜯어내고 열고 닫을 수 있게 문을 만들었다. 매번 철망을 넘어 다니는 것도 보통 힘든 게 아니었고, 철망을 넘을 수 없어서 멀리 돌아오는 사람들은 줄의 맨 뒤에 서야 한다는 불만이 있었기 때문이다. 901동도 마찬가지로 문을 만들었다. 사람들은 다시 '거기 돌 있는 데'를 자주 찾게 되었다. 아이들은 위험하게 철망을 넘지 않고 안전하게 문을 지나 학교를 오고 놀이터를 갔다. 물론 위에서 콩콩 뛰는 것도 잊지 않았다. 할머니들은 예전처럼 한 번씩 돌에 걸터앉아 한숨을 돌리곤 했고, 아기 엄마들이 급할 때면 나는 기꺼이 기저귀 교환대로 몸을 내어 주었다. 컴컴한 밤에는 얼큰하게 취한 아저씨들이 잠시 졸다 가기도 했다.

내 근처의 보도블록 몇 개를 들어내고 아파트의 공동 텃밭도 만들었다. 새로 심은 모종을 고양이들이 뜯어 먹을 때면 나는 한쪽으로 몸을 기울였다가 쿵, 소리를 내서 고양이들을 쫓았다. 고양이에겐 좀 미안하지만 텃밭을 지키는 것이 내가 해야 할 일이라고 생각했다.

취업을 위해서 휴학 중인 901동 대학생은 108동 중학생 몇 명의 과외를 맡아 주기로 했다. 산책로 뒤에 있는 주택에 사는 애기 엄마는 109동의 가사 도우미로 일하기로 했다. 바느

질 솜씨가 좋은 할머니는 반짇고리를 들고 나와서 올이 풀린 스웨터를 꿰매 주거나 아이들의 바지 기장을 줄여 주기도 했다. 코피는 검은띠에게 태권도를 조금 배우고, 빌라 아이는 코피에게 수학 문제 푸는 법을 배웠다. 108동 아이는 동생에게 가져다 준다면서 고추 할머니의 바싹 마른 고추 두 개를 얻어 갔다. 그러면서 드디어 우리 학교에 특수학급이 생겨서 동생도 이제 자주 밖에 나올 수 있게 되었다고 해서 다 같이 기뻐했다.

아저씨는 갑자기 왔던 것처럼 갑자기 오지 않았다. 며칠에 한 번씩 오던 아저씨가 오지 않자 철망 안을 찾는 어른들의 발걸음은 점점 뜸해졌다.

"누가 신고한 거 아니야?"

"저기 106동 사는 여자는 여기서 사 먹고 배탈이 났대요."

"애초에 노점상이 막 아파트에 들어와서 장사하면 안 되는 거야, 애들이 먹는 건데 뭘로 만드는지도 모르고 말야."

"처음부터 이상했어요. 음식에 뭐 섞지 않고서야 그런 맛이 나겠어요? 조미료나 잔뜩 넣었겠지."

"요즘은 노점상도 다 세금 내고 장사해야 하는 법이지. 암."

"그런 게 들어와 있으니까 집값이 떨어지죠."

"그러게요. 오르지는 못할망정 떨어지다니, 말이 돼요?"

"이참에 우리도 아파트 이름 바꾸는 건 어때요? 요즘 다른 동네는 다 그렇게 한다는데."

"이름을 바꿔요? 어떻게요?"

저쪽 한월동이 집값이 많이 올랐으니까 우리도 한월 더 좋은 팰리스 이렇게 바꾸는 거죠.

"이참에 아파트 외관 페인트도 다시 싹 예쁘게 칠합시다."

속닥속닥, 다시 사람들의 속닥거림이 시작되었다.

아이들만은 여전히 하루에도 몇 번이나 나를 찾아와서 놀았다. 한나은 동생, 한마음도 휠체어를 타고 철망 문을 지나왔다. 한나은은 동생에게 저쪽에서 돌맹이를 주웠어, 여기서 고추를 말리던 할머니한테 빨간 고추를 받았어, 하며 이곳저곳을 보여 주었다.

빌라 사는 정미나가 강아지를 데리고 와서 한마음은 아주 신이 났다. 너무 신이 난 나머지 휠체어에서 떨어질 뻔했다.

태권도 검은띠인 한수호가 한마음을 재빠르게 잡아 주었다.
임지훈은 집에서 쓰지 않는 장난감들을 잔뜩 가져와서 모두
에게 나누어 주었다.

"이게 뭐지?"

임지훈이 철망 한쪽에 붙은 종이를 가리켰다. 거기는 삐뚤
빼뚤한 글씨로 이런 내용이 적혀 있었다.

> 맛있는 튀김을 개발하느라고 그동안 못 왔습니다.
> 이번 주 토요일 오후, 맛있는 튀김을 들고 '거기 돌 있는데'로
> 찾아오겠습니다.

"아저씨가 돌아오나 봐!"

"우아! 이번에는 튀김이래!"

"토요일까지 어떻게 기다리지?"

다들 내 위에서 콩콩 뛰면서 말했다. 나도 아저씨가 돌아온
다는 소식에 기뻤지만 왠지 모르게 불안했다. 사람들이 속닥
거리면 좋은 일이 일어난 적이 없다. 불안한 마음에 몸이 부르
르 떨렸다. 작은 진동이 깊은 땅속으로 울렸지만 아무도 알아

채는 사람은 없었다.

다음 날부터 101동에서 109동까지 아파트 벽에 예쁜 색깔의 페인트가 칠해졌다. '한월 더좋은 펠리스'라는 새로운 이름도 생겼다. 901동은 그대로였다. 901동 사람들은 예전처럼 다시 철망에 조르르 매달렸다. 철망 문에는 커다란 자물쇠가 걸려 있었기 때문에 안으로 들어가지 못했다.

"왜 우리 아파트는 칠도 안 하고 이름도 안 바꾸는 거예요?"

901동 사는 대학생이 큰 소리로 철망 안을 향해 물었다.

"그쪽은 9단지니까요, 여기는 다른 아파트고요. 이름도 다르잖아요."

108동 사는 중학생 엄마가 대답했다. 그러자 대학생은 더 큰 소리로 말했다.

"애초에 임대 아파트라는 것은 공동주택의 의무로서 법으로 정해진 거 아닌가요? 이렇게 차별적으로 행동하는 것은 옳지 않아요."

그러자 중학생 엄마는 마침 말이 나와서 그런데 이제 과외 그만 해야겠다, 애들 성적이 고만고만 제자리만 맴도는데 학원을 보내겠다고 말했다. 그러자 109동 애기 엄마도 거들고

나서서 901동 한의사 할아버지가 지어 준 한약도 좀 이상했다고 말했다. 공동 텃밭도 벌레만 꼬이지 관리도 안 되니까 없애 버리자는 소리도 나왔다.

그러다 109동 쪽에서 누군가 솔직히 임대 아파트 붙어 있어서 집값 떨어진 건 사실이지, 하고 말했다. 그러자 901동 쪽 누군가가 길을 전세 낸 것도 아니면서 길을 막아 버린 무식한 사람들이라면서 철망을 흔들었다. 그러자 누군가 아주 작은 목소리로 당연히 우리는 전세가 아니고 자가라고 말했다. 901동 사람들은 대답을 잃고 그들의 철망 문을 닫고 더 커다란 자물쇠를 걸었다.

"아씨, 또 학교 지각한단 말이에요, 이거 좀 열어 줘요!"

901동 아이가 소리쳐도 아무도 문을 열어 주지 않았다.

그날 밤, 나는 천천히 굴렀다. 전세란 무엇이고 자가란 무엇인가, 임대는 무엇이고 집값이란 얼마여야 하는가 하는 생각도 하면서 굴렀다. 친구란 무엇인가, 내 친구는 누구인가 하며 쿵, 철망에 몸을 세게 부딪쳤다. 동생 한마음을 위해서 동네를 다니며 특별한 수집을 하는 한나은을 생각하면서 반대편 철망에도 몸을 쿵 부딪쳤다. 내 몸에 똥을 누려고 했던 정미나의 강아지를 생각하면서 반대편으로 굴러가서 또 쿵, 부딪혔다. 내 위에서 콩콩 뛰며 조잘거리던 임지훈과 한수호를 떠올리면서 쿵, 따뜻하고 보송보송한 아기들을 생각하면서 쿵, 901동 할머니의 매콤한 고추 냄새를 생각하면서 쿵, 내 몸에서 작은 돌멩이들이 떨어져 나왔다.

내 몸은 점점 작아졌다. 그러자 더 빨리 구를 수 있었다. 나는 어디서 굴러왔는가, 나는 어디로 굴러가는가, 나는 누구인가, 내 이름은 '거기 돌 있는 데'이고 나는 사람들이 모이는 특별한 돌이었는데. 나는 계속 굴러 몸을 부딪쳤다. 계속, 계속. 처음 눈을 떠서 들었던 소리처럼 쿵쿵. 밤새 반짝이는 별들만 나의 쿵쿵 소리를 들었다.

아저씨는 철망 사이로 와서 잠시 두리번거리더니 이내 작은 테이블을 펼치고 음식을 만든다. 아저씨는 뜨거운 기름에 오징어와 김말이와 각종 채소와 아이스크림까지 튀긴다. 고소한 냄새가 온 아파트에 소용돌이처럼 휘몰아친다.

어른들은 기름 냄새가 집 안으로 들어오지 못하게 창문을

꼭꼭 닫는다. 아이들은 철망에 매달려 군침을 흘린다. 어른들이 한 번만 더 철망 넘어가면 혼날 줄 알라고 으름장을 놓았기 때문이다.

"어, 여기로 가자!"

임지훈 목소리다. 임지훈이 가리킨 곳에는 구멍이 뚫려 있다. 109동 쪽 철망에도, 901동 철망에도, 꼭 아이들이 지나갈 수 있을 만한 구멍이 나 있다.

여기로 가면 철망 넘어가는 거 아니니까 괜찮지? 그럼 그럼, 하면서 아이들이 하나 둘 구멍으로 빠져나온다. 한마음 휠체어도 쏙 빠져나온다. 아이들은 아저씨 앞에 조르르 모여서 아저씨가 주는 튀김을 맛있게 먹는다. 한나은도, 한마음도, 임지훈도, 정미나도, 한수호도 모두 맛있는 튀김을 먹는다. 따뜻하고 고소하고 짭쪼름한 냄새가 아이들 입에서 폴폴 난다. 아이들은 모두 즐겁게 웃는다. 태권도 얘기도 하고 강아지 얘기도 한다. 학교 공부 얘기도 한다. 그러다가 갑자기 한수호가 말한다.

"돌이 어디 갔지?"

다들 두리번거린다. 하지만 어디에도 커다란 돌은 보이지 않는다.

그때 반짝, 햇빛이 나를 비춘다. 한마음이 말한다.

"늘낼한 놀이나."

한마음은 아주 작아진 나를 작은 손으로 가리킨다. 아이들
이 모여서 나를 내려다본다. 모두의 얼굴이 한눈에 보인다. 나
는 오랫동안 아이들의 얼굴을 마음에 담는다. 아이들도 나를
오래오래 내려다본다. 아이들 얼굴 뒤로 고추잠자리 한 마리
가 날아간다.

집을
찾아 주는 주무관 P씨

남빛 스웨터를 입고, 같은 색의 빵모자를 쓴 저분이 주무관 P씨입니다. P씨는 말할 때마다 음, 하는 버릇이 있습니다.

"음, 낮에는 꽤 따스하지만 아침저녁으로는 찬바람이 부니까 음, 이게 좋겠네."

오늘 아침에도 혼잣말을 하며 고른 옷이 저 남빛 스웨터예요. 빵모자는 조금 비어 보이는 머리숱을 가리기 위한 것이고요.

주무관 P씨는 옷장에서부터 정확히 스물다섯 걸음을 걸어 하얀 주방으로 갑니다. 냉장고를 열고 빵 세 조각과 버터, 삶은 달걀을 꺼내고 두 걸음 떨어진 식탁에 내려놓습니다. 그리고 커피를 따릅니다. 커피 향기가 작은 주방에 퍼지면 P씨는 음, 하는 소리를 내며 향기를 들이마십니다.

아침 식사가 끝나면 현관까지 정확히 열아홉 걸음을 걸어 문을 나섭니다. 오늘은 또 어떤 민원인이 자신을 찾아올까 상

102

상하면서 소리로 박자를 맞춰 걷습니다.

수부관 P씨의 장수 앞에는 벌써 기다리는 민원인이 있군요.
작은 생쥐 부부입니다.

"안녕하세요, 선생님. 저희 부부에게 문제가 하나 생겼습니다."

"음, 무슨 문제인가요?"

"벽이 필요해요. 아주 많은 벽이요."

"음, 벽이라고요? 무슨 벽 말씀이신가요?"

생쥐 남편이 우물쭈물하는 사이, 생쥐 부인이 앞으로 나서
말합니다.

"아주 많은 벽이요. 제가 모은 작품들을 잔뜩 걸어 둘 벽이
많은 집이 필요하다고요."

생쥐 남편은 주무관 P씨의 책상에 있는 전단지 한 장을 뽑
아 생쥐 부인에게 내밀었습니다.

당신에게 딱 맞는 집을 찾아드립니다.
맞춤주택 담당자를 찾아오세요!

주무관 P씨의 일을 홍보하는 전단지였지요. 부인은 까옥,
소리를 지르며 작은 앞발로 전단지를 착착 넘겨 보기 시작했
어요. 그 틈을 타 생쥐 남편은 주무관 P씨의 책상으로 폴짝 뛰
어올라 귀에 대고 속삭입니다.

"사실은 제 부인에게 수집병이 생겼습니다. 집이 아주 난장
판이에요. 온통 종이로 가득해요. 세상의 사진과 그림을 다 모
으니 집이 가득 찼다는 말입니다."

주무관 P씨는 신중한 얼굴로 생쥐 남편의 이야기를 들었습
니다. 수집병, 사진과 그림, 벽이 많은 집······.

"음, 그러니까 많은 사진과 그림을 걸 수 있는, 벽이 많은 집
이 필요하다는 말씀이신가요?"

"네. 꼭 좀 부탁드립니다. 이제 애들이 잘 곳도 없어요."

"음······. 벽이라, 벽이라."

음, 하며 주무관 P씨는 허공을 바라봅니다. 고민할 때 나오
는 습관이지요. 사각사각 소리에 아래를 내려다보니 생쥐 부
부가 맞춤주택 전단지를 갉아 대고 있습니다.

"여기 이 지붕을 좀 갉아 내 주실래요? 아니, 좀 더 둥그스
름하게 말예요."

생쥐 부인의 말에 생쥐 남편은 부지런히 앞니를 움직입니다.

'수집병이 있는 부인을 싫어하지 않고 같이 방법을 찾아가는 부부구나. 함께 길을 찾아가는 저 부부에게 딱 맞는 집이 어딜까. 길을 찾는 부부, 길…… 가만, 길이라?'

번쩍, 좋은 생각이 났습니다. 주무관 P씨는 책장에 꽂혀 있는 파일을 꺼내 생쥐 부부의 앞에 펼쳤어요.

"지하의 실험실입니다. 음, 위험한 실험실은 아니었으니 걱정 마세요. 집중력을 높이는 음악을 만들고 싶었던 작곡가가, 자신의 반려 햄스터를 미로에 넣고 어떤 음악을 틀어 줄 때 길을 빨리 찾는가 하는 실험을 했던 곳이랍니다. 미로 형태이니 부인이 원하시는 벽이 아주 많지요. 부인께서 수집한 사진과 그림을 전부 걸 수 있을 겁니다. 게다가 미로 찾기는 아이들의 운동 신경 발달에도 아주 좋습니다."

"그렇다면 정말 좋겠네요!"

생쥐 부인이 손뼉을 치며 좋아합니다.

"한데 그렇게 좋은 집이 왜 아직도 주인을 못 찾은 건가요?"

생쥐 남편은 미로 집 도면을 살펴보며 속삭이듯이 묻습니다.

"이런 집을 원하는 경우가 드물기 때문이죠. 음. 보통은 방이 몇 개인지, 버스 정류장은 얼마나 가까운지, 주방과 화장실은 잘 되어 있는지를 중요하게 생각하니까요. 그래서 미로 집 같은 특수한 수택은 저를 찾아오셔야만 구할 수 있습니다."

주무관 P씨는 자신이 잘난 체했나 싶어서 고개를 숙이고 작게 음음, 소리를 내었습니다. 그런 주무관 P씨에게 생쥐 부인이 수줍은 듯이 종이꽃 한 송이를 내밀었습니다. 맞춤주택 전단지에서 오려 낸 여러 가지 조각들로 만든 꽃입니다. 어느 꽃잎은 지붕이, 어느 꽃잎에는 계단, 그 옆 꽃잎에는 햇살이 비치는 창문이 담겨 있네요.

"주무관님 덕분에 우리에게 딱 맞는 집을 찾았어요. 감사해요."

"음, 부인께서는 단순한 수집병이 아니시군요. 음…… 뭐랄까, 예술가 같달까요?"

"어머, 콜라주에 대해 잘 아시나 보군요!"

P씨는 기쁜 마음으로 콜라주 꽃을 받았습니다.

"미로 갤러리가 완성되면 한번 초대해 주십시오. 멋진 작품을 구경하러 가겠습니다."

생쥐 부부는 새집의 약도를 받아 들고, 손을 흔들며 떠납니다.

이런 일을 처리하는 것이 바로 주무관 P씨의 직업입니다.

107

집을 찾는 누구라도, 그에게 딱 맞는 집을 찾아 주는 일. 신중하고 조심스러운 성격의 P씨에게 딱 맞는 업무입니다.

　다음 민원인은 다리를 절룩이는 할아버지와 똑같이 다리를 절룩이는 고양이 두 마리입니다.
　"안녕하십니까? 음, 어떤 집을 찾으십니까?"
　주무관 P씨는 최대한 할아버지와 고양이들의 다리를 쳐다보지 않으려고 노력합니다. 하지만 그 점을 알아차린 할아버지는 허허 웃으며 손으로 다리를 탁, 칩니다.
　"내 다리에 딱 맞는 집을 찾는 중이지요. 안 그렇겠습니까?"
　"음, 네. 그렇지요. 실례가 안 된다면 다리에 딱 맞는 집이라는 것이……."
　"저는 선천적으로 한쪽 다리가 짧은 장애를 가지고 태어났습니다. 그래서 평평한 곳에서는 잘 걷지를 못해요."
　"그러시군요. 음, 저 고양이들은요?"
　"참으로 인연이라는 게 신기한 것이지요. 꼭 저처럼 다리를 절룩이는 저 고양이 형제를 딱 만나지 않았겠습니까? 제가 걷는 모습을 보고 자기들과 닮았다고 느꼈는지 제 뒤를 절룩절

110

룩 따라오더군요. 그래서 함께 살게 되었습니다, 허허허."

"음. 다리가 불편한 사람과 고양이라."

수부관 P씨는 허공을 바라보며 음음, 소리를 내었습니다.

장애인을 위한 주택은 휠체어가 다니기 편하도록 문턱과 계단을 모두 없앤 집, 시각장애인을 위해 바닥에 점자 블록을 설치한 집, 청각장애인을 위해 진동으로 초인종이 울리는 집도 있지만 한쪽 다리가 불편한 사람과 동물을 위한 집은 아니었습니다. 맞다! 그 집이 있었지.

"음, 지금 생각나는 집이 있는데 함께 가 볼까요?"

P씨는 기분 좋게 음, 소리를 내며 일어섭니다.

"정말 저희에게 맞는 집이 있습니까?"

"네, 제가 안내해드리겠습니다."

주무관 P씨는 민원인들과 함께 집을 보러 갑니다. 점심시간이 가까워지자 햇빛이 조금씩 강해집니다.

골목골목을 지나 막다른 길에 도착합니다. 짧은 거리지만 오르막길이 있습니다. 그리고 그 끝에 집 한 채가 뒤집어진 채로 있는 게 아니겠어요? 뾰족 지붕의 한쪽 경사는 오르막길의 경사에 딱 맞고, 반대쪽으로 들려진 지붕 경사면 아래는 커다란 돌멩이 하나가 집을 받쳐 주고 있어요.

"오호라, 바로 저 집인가요?"

"네, 음, 지금 왜 집이 저렇게 뒤집혀 있나 궁금하실 텐데
요. 괴짜 건축가의 작품이랍니다. 뾰족한 지붕을 아래로 오르
막길의 경사에 딱 맞추어서 집을 지었답니다. 그런데 이 오르
막길을 올라가는데 불편함은 없으십니까?"

P씨가 미안한 얼굴로 할아버지와 고양이들을 바라보며 묻
습니다.

"오르막길이라면 우리가 훨씬 더 잘 올라가요! 보세요!"

고양이 한 마리가 대답하더니, 앞으로 걷지 않고 옆으로 걷
는 게 아니겠어요? 다리가 짧은 쪽을 앞으로 해서 오르막길을
올라가니 두 다리의 길이가 똑같은 사람보다 훨씬 안정적으
로 걸어갑니다.

"음, 아주 현명한 생각이군요!"

그래서 할아버지와 고양이들은 옆으로 걸어 오르막길을 올
라가고, P씨는 땀을 닦으며 천천히 걸어 마지막으로 집 앞에
도착했습니다.

"아마 세 분께 딱 맞는 집이 아닐까 싶습니다."

문을 열자, 지붕 모양이 그대로 뒤집어진 V자 형태의 바닥이 가장 먼저 눈에 들어옵니다. 거실의 의자와 테이블도 한쪽 다리가 짧아 기울어진 경사면에서도 잘 서 있도록 만들어져 있네요.

"우아! 진짜 우리를 위한 집이네요!"

고양이들이 신이 나서 비스듬한 바닥을 달립니다. 짧은 다리를 경사진 쪽으로 두고, 되돌아올 때는 반대편 경사로 달립니다.

"정말 우리를 위한 집이에요. 어째서 이런 집을 만들었을까요?"

할아버지가 싱글거리는 얼굴로 묻습니다.

"괴짜 건축가는 오르막길도, 커다란 돌멩이도, 그대로 유지하고 싶었던 모양이에요. 사람이 자연의 모습에 맞춰서 집을 지어야 한다고 생각했던 것 같습니다. 음 저도 깊이 알지는 못하지만요. 다만 저는 이 집을 딱 맞는 사람에게 찾아 주는 일을 하는 것이지요. 대부분의 사람들은 이런 집에서 살지 못한답니다. 음."

"그렇군요!"

'내 일은 정말 보람찬 일이야.'

주무관 P씨는 흡족해하는 할아버지를 보며 생각했습니다.

"그럼 곧 계약서를 보내드리겠습니다. 음, 고양이늘은 벌써 집에 적응한 것 같군요."

할아버지와 고양이들은 뒤집어진 집에서 똑바로 서서 주무관 P씨에게 손을 흔듭니다.

노을빛이 길게 창문으로 비쳐 듭니다. 퇴근을 준비하던 주무관 P씨의 창구 앞에 마지막 민원인이 찾아옵니다. 새까만 옷, 새까만 모자, 새까만 안경, 새까만 마스크를 써서 얼굴을 볼 수 없는 수상해 보이는 사람입니다.

"혹시 귀신이 나오는 집 있나요? 살인 사건이 일어났다던 가, 그런 집이요."

쉰 목소리에 소름이 오소소 돋았지만, 주무관 P씨는 아무렇지 않은 듯이 물었습니다.

"음, 그런 집은 꽤 있지만, 그런 집을 찾는 특별한 이유라도 있습니까?"

"딱 맞는 집을 찾아 준다고 해서 왔는데, 이유가 있어야 합니까?"

새까만 안경 너머로 무서운 눈빛이 느껴져 P씨는 얼른 고개를 돌리고 파일철 중 하나를 꺼내 듭니다.

"음, 이 집들이 사고가 있었던 집들입니다. 한번 살펴보시겠어요?"

새까만 사람은 집 사진들이 있는 파일을 받아 들고 한 장씩 넘겨 보기 시작합니다.

"오호! 이곳이 좋겠어요! 여러 귀신이 번갈아 나타난다는 이유로 점쟁이도 무당도 얼마 살지 못했다는 이 집이요! 어서 가 보죠."

새까만 사람이 들뜬 목소리로 말하자, P씨는 알 수 없는 두려움을 느끼며 애써 발걸음을 뗐습니다.

야트막한 야산 밑 굴다리를 지나고, 휑한 공터를 지나고, 커다란 나무를 몇 그루 지나는 동안 어느새 날은 어두워졌습니다.

'집이 아니라 내가 목적인 거 아니야.'

P씨는 무서움을 떨치려고 억지로 음음, 소리를 냅니다.

어둠에 잠긴 새까만 집이 보입니다. 새까만 사람과 잘 어울리는 집입니다.

116

"음, 저기군요. 저는 이만……."

P씨가 돌아가려고 하자 새까만 사람이 탁, 어깨를 잡았습니다.

"같이 들어가서 안내해 주셔야죠!"

"음, 아, 물론 그게 제 일이긴 하지만……."

P씨가 주저거리자 새까만 사람이 새까만 안경, 모자, 마스크를 벗었습니다.

"저 때문에 무서우셨죠?"

"앗, 당신은!"

P씨 앞에 서 있는 사람은 바로 유명한 공포 소설가 포포 씨가 아니겠어요?

"겁먹게 해서 죄송해요. 하도 많은 사람들이 알은체를 해서 어쩔 수 없이. 되려 이렇게 다니면 사람들이 무서워서 조용히 저를 피하거든요."

포포 씨는 심장이 쫄깃해지는 무서운 이야기를 쓰는 소설가입니다. 여름이면 사람들은 유행처럼 포포 씨의 책을 보지요.

"제가 신작을 구상 중인데, 주무관님의 소문을 듣고 찾아왔습니다."

118

"아, 어서 들어가서 보시죠. 음, 정말 흥미진진하고 무시무시한 집입니다."

신이 난 포포 씨는 집 안 곳곳을 돌아다닙니다.

"다락방은 지옥과 연결된 문으로 설정하면 좋겠군요. 으흐흐, 끽끽거리는 저 문소리가 환상적인데요!"

포포 씨는 뭔가 떠올랐는지 수첩을 꺼내어 이것저것 적기 시작합니다. P씨도 포포 씨를 보면서 생각합니다.

'음, 오늘 하루도 엄청난 하루였어.'

주무관 P씨의 하루가 무사히 끝났습니다.

다음 날도, 그 다음 날도 주무관 P씨의 평범하면서도 특별한 하루들이 지나갔습니다.

색소폰과 드럼을 연주한다는 코끼리 아저씨에게는 기차 선로가 갈라지는 삼각형 모양의 땅 위에 지어진 집, 암벽 등반을 좋아하는 한 가족에게는 좁고 높은 집을 소개해 주었습니다. 그 외에도 세상에서 제일 작은 집을 찾는 커플, 방이 많은 집을 찾는 고양이 엄마, 마법을 연습하기에 적당한 집을 찾고 있다는 마법사에게 어울리는 집을 찾아 주기도 했고요.

"완전히 봄이 되었으니, 음, 이 스웨터를 입어도 되겠어."

오늘도 주무관 P씨는 신중하고도 기분 좋게 옷을 고릅니다. 봄은 P씨가 가장 좋아하는 계절입니다.

'오늘은 확실히 봄 냄새가 난다.'

P씨는 음음, 하며 공기를 들이마십니다.

'오늘은 또 어떤 민원인이 올까?'

P씨는 씩씩하게 출근을 합니다.

"음, 아니, 이게 대체 무슨 일이죠?"

대체로 당황하는 법이 없는 P씨가 자신의 창구에 도착하자마자 소리칩니다. 얼굴은 붉게 달아올랐지요.

P씨의 창구 앞에는 온갖 동물들이 몰려와 있습니다. 날아다니는 종류, 네 발로 걷는 종류와 어린이도 있습니다. P씨를 보고 모두 자신의 이야기를 쏟아 내기 시작합니다.

"잠깐만요, 음, 한 번에 한 분씩만 말하세요! 그렇지 않으면 제가 알아들을 수가 없답니다!"

그럼에도 소란은 멈추지 않았습니다. P씨는 결국 책상을 탕탕, 내리쳤지요.

"조용, 조용! 제가 반드시 도움을 드릴 테니, 음, 우선 줄을

서세요. 어떤 민원도 소홀히 하지 않고 도와드리겠습니다."

그러자 노란 부리를 가진 저어새가 푸드득 날아서 P씨의 책상에 내려앉습니다.

"제가 먼저 말할게요. 모두들 괜찮죠?"

저어새가 돌아보자 동물들이 고개를 끄덕입니다.

"우리는 집을 되찾기 위해서 왔습니다."

"아니, 집을 빼앗겼다는 말씀입니까?"

"그런 셈이죠. 저는 여름 철새라서 매년 3월이면 S시로 돌아온답니다. 그런데 며칠 전 이곳으로 돌아왔더니 글쎄 제 보금자리가 사라진 게 아니겠어요? 강물이 바다로 흘러가는 길목에 갈대밭이 풍성했던 곳인데요."

S시라면 이곳에서 멀지 않은 작은 동네입니다. 큰 건물은 별로 없고, 작은 골목길과 야트막한 산과 넓은 강이 흐르는 특별할 것 없는 동네이지요.

저어새의 말이 끝나자 동물들의 동요하는 소리가 다시 P씨의 창구 앞을 가득 메웁니다.

"저도요, 저도 집을 잃었다고요."

"우리 집도 사라졌어요."

P씨는 다시 책상을 탕탕 쳤습니다.

"긴 비행에 몹시 지쳐서 신선한 물고기나 몇 마리 잡아먹고 갈대숲에서 늘어지게 낮잠을 잘 생각이었는데 말이에요. 그래서 이곳저곳 떠돌다가 크낙새 선생님을 마주친 거예요."

붉은 고깔모자를 쓴 것같이 뾰족한 벼슬을 가진 크낙새가 푸드득, 날개를 움직입니다.

"크낙새 선생님을 만난 것은 큰 행운입니다. 만나기 힘든 분이거든요. 산속의 동물들이 가장 좋아하는 새이기도 하고요. 그런데 크낙새 선생님 말이 자신도 집을 빼앗겼다는 게 아니겠어요? 가장 깊은 숲에서 지내시는 분이 어쩌다 저 같은 철새를 만났나 했더니 그런 일이 있었던 것입니다."

크낙새가 훌쩍이자 동물들도 눈물이 그렁해졌습니다.

"크낙새 선생님과 주변을 살펴보던 중에 사람을 만났습니다. 저기 계신 분이요."

아까부터 한쪽에서 두 손을 모은 채 조용히 의자에 앉아 있던 남자아이가 P씨 앞으로 다가옵니다.

"주무관님, 여기 이 꽃이요, 아침에 저를 깨웠거든요. 한번 보실래요?"

아이의 손에는 작은 들꽃이 있었습니다. 아이는 흙까지 담은 손 화분을 보였습니다.

"음, 힘들 것 같은데 우선 꽃을 여기에 담을래요?"

주무관 P씨는 자신이 마시던 물컵의 물을 버리고 아이에게 내밀었습니다. 아이가 조심스럽게 흙과 꽃을 담았습니다.

"가는동자꽃이라고 하는데요, 우리 집 앞에 엄청나게 많이 피었거든요. 그런데 겨울 내내 공사를 하더니 흙이랑 물이랑 다 사라져 버렸다고요, 그래서 이 꽃이 아침에 저를 깨웠어요. 꽃을 피울 자리가 없다고요. 그래서 꽃이랑 같이 왔어요."

저어새가 주걱 같은 부리를 톡톡 부딪치자 동물들 사이에서 박수 소리가 퍼집니다. 이번에는 P씨도 책상을 두드리지 않고 박수 소리가 끝날 때까지 조용히 기다렸습니다. 가는동자꽃은 여름에 피는 꽃인데, 음, 정말 급했던 모양이구나 하는 생각을 하면서요.

"이 아이와 저와 크낙새 선생님은 이 동네에서 집을 잃은 동물들을 찾아내었습니다. 여기 모인 전부입니다."

"호랑이랑 곰이랑 늑대는 같이 못 왔어요. 주무관님께서 겁을 먹을지도 모른다고 아부지가 가지 말라고 하셨거든요."

124

아이가 말했습니다.

"수리부엉이와 올빼미와 박쥐는 자느라고 못 왔다네."

크낙새도 한마디를 거듭니다.

"음, 우선 여기까지 오시느라 고생 많으셨습니다. 우선 제가 딱 맞는 주택을 찾는 동안에 간단하게 먹을 것들을 좀 대접해 드리겠습니다."

주무관 P씨는 수십 잔의 차를 만들고, 수십 개의 비스킷과 수십 개의 토마토와 또 사무실에 있는 먹거리들을 동물들에게 나누어 주었습니다. 삵, 족제비, 하늘다람쥐는 비스킷을 집었고, 노루는 입으로 토마토를 받았으며, 수달은 아무것도 먹지 않겠다고 합니다. 소똥구리도 비스킷을 먹었고, 청개구리는 파리를 잡아먹으면 된다면서 자신이 맹꽁이와 금개구리를 대표해서 왔다고 자랑스럽게 턱 밑을 부풀립니다. 그러다 P씨는 깜짝 놀랐습니다. 아기 족제비가 자신의 등에 올라타서 빵모자를 벗기려고 했기 때문입니다.

"이, 이게 필요하신가요? 음. 네네. 제가 드리죠."

동물들이 차를 마시는 동안에 주무관 P씨는 깊은 고민에 빠

졌습니다.

'모두에게 딱 맞는 집을 찾아 줄 수 있는 방법이 있을까? 음…….'

주무관 P씨는 이곳저곳으로 전화를 겁니다.

"네? 동물들이 몰려갔다고요? 저희가 공사를 할 때는 동물들은 보이지 않았는데요."

"여름 철새가 돌아왔다가 집을 잃었다고요? 그럼 겨울에는 집에 없었다는 소리인가요?"

"꽃은 어디든 피울 수 있는 것 아닌가요? 꼭 그 땅이어야만 한다는 건가요?"

"그곳은 이미 신도시로 개발이 결정되어서 수천 명의 사람들이 살 집을 짓는 곳인데요. 이를 어쩌죠?"

수화기 너머의 사람들은 어찌할 방법이 없다면서 전화를 끊었습니다. P씨는 높게 쌓인 파일들을 하나하나 손가락으로 짚어 봅니다. 가는동자꽃이 살기 좋은 야트막한 산은 이 근처에는 남아 있질 않습니다. 벌써 많은 산이 없어졌으니까요. 그럼 수리부엉이와 올빼미와 박쥐가 살 동굴도 남아 있지 않을 테지요. 수달과 청개구리, 맹꽁이가 살 수 있는 깨끗한 강물도 있어야 하고요.

"우리는 여기서 떠나고 싶지 않은걸요."

어느새 P씨의 곁으로 호로록 날아와 같이 파일을 들여다보던 저어새가 말합니다.

"그래요, 우리가 태어나고 살아온 땅이니까 여기서 계속 살고 싶어요."

빵모자를 망토처럼 두른 아기 족제비도 저어새 곁에서 말합니다.

"음, 이 근처라고요. 그렇다면…… 이건 어떨까요?"

주무관 P씨가 꺼낸 것은 동물원 책자입니다. 여기서 멀지 않은 곳입니다.

"뭐라고요? 우리는 동물원 같은 곳에서 살 수 없어요!"

저어새가 큰 소리로 말하자 간식을 먹으면서 쉬고 있던 동물들이 P씨의 책상 앞으로 몰려옵니다.

"우리는 자유롭게 살 수 있는 집을 원하는 거라고요!"

"원래 우리가 살던 곳에서 살게 해 주세요."

"우리가 집을 빼앗긴 건데 왜 우리가 동물원으로 가야 하는 거예요?"

동물들의 웅성거림에 주무관 P씨의 휑한 머리통에서 식은 땀이 주르륵 흘렀습니다. 크낙새가 동물들을 말렸습니다.

"주무관님도 우리를 도와주려는 것이니 너무 소란스럽게 하지 말게나. 정 방법이 없다면 나는 동물원도 괜찮다네."

저어새와 하늘다람쥐는 크낙새 선생님이 동물원 같은 곳에서 살면 안 된다고 눈물을 흘렸지요. 하지만 크낙새는 나는 이미 나이도 많이 들었고, 벌레 잡으러 다니기도 힘이 드니까 편하게 살다 가는 것도 괜찮다며 저어새와 하늘다람쥐를 위로해 주었어요. 그리고 P씨에게 부드러운 목소리로 말했습니다.

"살던 곳에서 조용히 눈감고 싶은 마음은 인간이나 동물이나 같다네. 살던 곳에서 갑자기 쫓겨난다면 슬프고 힘든 것도 똑같고 말이야."

크낙새는 그 말을 하고 구석으로 호로로 날아가 날개를 접고 웅크려 앉습니다.

그때, 주택관리부의 문이 열리고, 낭랑한 목소리가 들려옵니다.

"주무관님! 잘 지내셨나요? 소개해 주신 집에서 신작을 완성했어요!"

공포 소설가 포포 씨입니다.

"선물로 쿠키를 좀 가져왔는데, 바쁘고 슬퍼 보이시네요."

P씨의 책상 앞에 모인 동물들을 보며 포포 씨가 말합니다. 그러면서 동시에 맛있는 쿠키가 담긴 상자를 내밀었지요.

"감사합니다. 음, 정말 맛있어 보이는 쿠키네요. 잘 먹을게요."

"이분들에게도 모두 대접해서 같이 먹도록 하죠!"

포포 씨는 쿠키를 하나하나 나누어 주었습니다. P씨는 포포 씨 덕분에 마음이 편안해졌습니다. 포포 씨에게도 따뜻한 차를 한잔 만들어 주고 둘은 함께 쿠키를 먹었습니다.

"그런데 무슨 일인가요?"

P씨는 훤히 드러난 머리통을 긁적이며 모든 일을 이야기했습니다.

"그래서 최선을 다해서 집을 찾고 있는데, 제 머리로는 도저히 좋은 방법이 떠오르지 않습니다."

주무관 P씨는 음, 하며 찻잔을 가만히 바라보았습니다. 포포 씨는 절망에 빠진 듯한 P씨를 보며 물었습니다.

"그래서 S시에 아파트를 잔뜩 만든다는 건가요?"

"네, 그렇습니다. 사람들의 집 때문에 동물들과 식물들이 모두 집을 잃게 되었어요."

"그렇게 크고 높은 단지라면, 원래 살던 동물과 식물들을 위해서 집 한 칸 정도는 내어 줄 수 있지 않을까요?"

"네?"

"주무관님은 누구에게라도 딱 맞는 집을 찾아 주시는 분이잖아요. 이분들이 살던 곳에서 그대로 살고 싶다면, 그곳에서 살 수 있게 만들어 주시면 되죠!"

"그게 무슨 말씀이신지……."

포포 씨는 모두를 향해 큰 소리로 외칩니다.

"자, 여러분! 맛있는 쿠키를 드세요. 집을 지키기 위해서 힘을 내자고요!"

드디어 S시 신도시에 입주가 시작되었습니다. 어느새 계절은 한 바퀴를 돌아 다시 봄입니다.

커다란 이삿짐 차들이 아파트 단지 안을 메웁니다. 빨간 차, 파란 차, 노란 차 사이로 아빠와 아들로 보이는 두 사람이 지나갑니다.

"우아, 연못이네!"

"잠깐 몸 좀 적시고 갈까, 아들?"

"네!"

두 사람은 주위를 두리번거리더니, 연못 근처의 벤치 뒤로 가서 호로록 옷을 벗습니다. 그리고 연못 안으로 스르륵, 빨려 들어갑니다. 연못에는 작은 수달의 꼬리가 찰랑거리며 길게 물보라를 남겼어요.

이들이 연못에서 헤엄치는 모습을 바라보던 21층의 아가씨가 쯧쯧, 혀를 찹니다.

"저리 조심성이 없어서야 되겠어?"

하얀 드레스에 노란 리본으로 긴 머리를 묶고, 베란다의 의자에 앉아 있는 모습은 꼭 긴 여행을 마치고 돌아온 저어새의 모습 같았지요. 톡톡, 창문을 두드리는 소리에 아가씨가 문을 열어 주자 빨간 모자를 쓴 할머니가 호로록 창문으로 들어옵니다.

"아니, 크낙새 선생님! 바로 옆집인데 걸어와서 초인종을 누르면 되잖아요? 누가 보면 어떡하려고 그러세요."

"괜찮아, 괜찮아. 누가 본다고 그래. 그것보다 이거나 같이 먹자고. 지하실에 이사 온 박쥐랑 올빼미 씨가 선물이라면서

잡아다 줬어.”

할머니의 목에 걸린 주머니에는 아직 꿈틀거리는 벌레가 가득 들어 있습니다. 아가씨는 꺅! 소리를 지르면서 맛있게 받아먹습니다. 둘은 느긋이 식사를 하고 나란히 앉아 베란다에서 해가 지는 모습을 바라봅니다.

하얀 드레스 아가씨네 집 밑에는 목욕 놀이가 한창입니다. 목소리가 꼭 개구리처럼 낭창한 세 쌍둥이들이 거실에 만든 비닐 풀장에서 물장구를 치고 있어요. 물은 바로 옆 산에서 흐르는 계곡물을 연결해서 받아 오기 때문에 아주 시원하고 깨끗합니다. 세 쌍둥이는 거실 바닥이 온통 물로 젖는 줄도 모르고 노래에 맞춰 찰방거리지요. 그러다 셋은 동시에 천장을 바라봅니다. 쿵, 쿵, 쿠웅. 커다란 발자국 소리가 천장을 울립니다.

“곰 아저씨가 화장실 가나 봐.”

셋은 마주 보고 킥킥거리다가 다시 물속으로 첨벙 뛰어듭니다.

한편, 해가 지고 아파트 입주민들이 모두 단잠에 빠진 시간, 이제야 이사를 들어오는 집이 있습니다. 지하 3층, 1, 2, 3호실 중 마지막 3호실의 입주자입니다. 검은 망토로 온몸을 칭칭 감고 검은 선글라스를 끼고 있습니다. 이삿짐이래 봐야 어깨에 긺히진 기다란 사구 하나가 전부입니다. 그 안에는 크고 작은 나뭇가지들이 잔뜩 들어 있지요. 지하 3층 1, 2호실의 입주자들이 나와 3호실 입주자를 환영해 줍니다.

"부엉님, 아파트로 이사 오니까 기분이 좋으시지요?"

"부우웅– 고향을 안 떠나도 되니까 정말 좋지."

주무관 P씨는 모두에게 선물할 분홍빛 커튼을 정성스럽게 포장합니다. 105동 2103호 하얀 드레스가 잘 어울리는 분께, 105동 2104호 빨간 모자를 좋아하는 할머니께, 105동 1703호 듬직한 분께, 1603호 노래와 수영을 잘하는 세 분께, 104동 304호 연못 산책을 좋아하는 가족 분께, B3층에 사시는 검은 옷을 즐겨 입으시는 분들께, 그 밖에도 많은 입주민들을 위해 자신의 집에 걸린 커튼과 똑같은 커튼을 준비했습니다.

각각의 우편함에 선물을 넣고, P씨는 옥상으로 올라갑니다. 마지막으로 만나야 할 입주민이 있으니까요. 옥상 문을 열자, 널따란 옥상 정원에는 분홍빛 가는동자꽃이 가득합니다.

"안녕하세요, 주무관님!"

그새 꽃을 피운 가는동자꽃들이 P씨를 향해 여린 잎을 떨며 인사하네요.

"새로 이사 오신 곳은 어떻습니까?"

"여기 좀 보세요, 주무관님."

가는동자꽃들이 손짓하는 곳으로 가 보니, 동네가 한눈에 내려다보입니다. 깎여 나간 자리도 있지만, 아직 푸른 야산과 멀리 굽이쳐서 바다로 돌아가는 파란 강물과 손에 닿을 듯이 가까운 구름도요.

"우린 항상 낮은 곳에서 하늘을 올려다보며 살아왔는데, 주무관님 덕분에 이렇게 높은 곳에서 경치를 볼 수 있게 됐어요. 감사합니다."

"음, 아닙니다. 마음에 드신다니 정말 다행입니다."

주무관 P씨는 얼굴을 붉히며 대답합니다.

"다른 분들도 다 잘 지내고 계세요. 여기서 내려다보면 다 볼 수가 있거든요. 수달 가족은 저 단지 안의 연못을 좋아하고요, 크낙새 선생님은 창문으로 휙 날아서 산책을 다녀오기도 하세요. 깊은 밤에는 올빼미와 부엉이와 박쥐도 볼 수 있고요.

삵과 족제비는 아이들을 유치원에 보내는 모양이에요."

"정말 잘됐어요. 음, 그동안 열심히 연습한 보람이 있네요!"

P씨는 그날을 떠올립니다. 동물들이 자신의 장구를 찾아온 날, 포포 씨는 동물들에게 사람과 함께 살아가자는 제안을 했습니다.

쉬운 일은 아니었습니다. P씨는 원래 그곳에 살던 주민들을 위해 몇 채의 집을 보상해 줄 것을 이곳저곳에 요청했습니다. 포포 씨는 동물들이 사람과 함께 지내기 위해 필요한 점들을 함께 연습했고요. 이것은 또다른 길고 긴 이야기입니다.

포포 씨가 다음 책으로 〈당신의 옆집에 사는 그 사람이 정말 사람일까?〉라는 이야기를 구상할 정도이지요. 집 밖에서 똥을 싸지 않기는 모두에게 필요한 연습이었습니다. 수달 가족은 물을 봐도 당장 뛰어들지 않도록 참는 연습을 했습니다. 세 쌍둥이 청개구리들은 적당한 소리로 우는 법을 배우고, 곰 아저씨는 깨금발로 걷는 연습을 해야했어요. 삵과 족제비는 층간 소음 때문에 마음껏 달릴 수 없는 것에 불평을 터뜨리기도 했습니다.

"이렇게까지 해야 해? 우리가 왜?"

누군가 불평 섞인 목소리로 말하면, 나이가 많은 크낙새 선생님이 부드러운 목소리로 달래 주었습니다.

"사람들과 잘 지내는 법을 배워 보자고. 우리가 고향에서 살수 있는 방법이라잖나."

물론 크낙새 선생님도 너무 빠른 속도로 낮게 날지 않기를 연습했습니다. 그렇게 모두들 열심히 연습한 덕분에 무사히 이곳에 입주할 수 있었습니다.

정말 많은 일이 있었어. 음, 모든 것이 잘 끝나서 다행이야, 하고 P씨는 가는동자꽃 밭에 앉아 생각합니다. 앞으로도 자신을 찾아오는 민원인들에게 꼭 맞는 집을 잘 찾아 주어야지, 하는 다짐도 해 보고요.

"저는 그만 가 보겠습니다. 이곳 입주자들은 꽃향기를 잔뜩 맡으며 살 수 있어서 부럽네요."

P씨의 말에 가는동자꽃들이 몸을 가늘게 떨어 향기를 더욱 뿜어 주었습니다.

'음, 나도 나의 집으로 가야지.'

한 발 한 발 박자를 맞추며 걸어가던 중에 누군가 자신을 부르는 것 같은 느낌에 P씨는 뒤를 돌아보았습니다. 높다란 아파트 건물 곳곳에서 분홍빛 커튼이 흩날리고 있습니다. 그 틈새로 작은 꼬리나 커다란 앞발이나 하얀 날개가 손을 흔들고 있습니다. P씨도 그들을 향해 힘차게 손을 흔들어 보냈습니다.

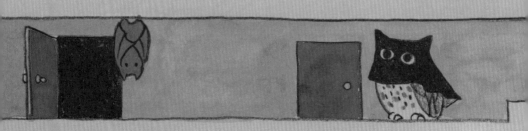

내일을여는어린이 시리즈는 주제 의식이 담긴 동화만을 엄선해 펴냅니다. 의미와 재미가 담긴 동화를 보며, 아이들이 사고력을 키우고 편견과 이기심에서 벗어나 바른 사람으로 자라나기를 바랍니다.

01 보신탕집 물결이의 비밀
개고기 먹어도 될까? 안 될까?
강다민 글 | 수리 그림 | 146쪽 | 11,000원
아침독서 추천도서

02 핵발전소의 비밀 문과 물결이
상상초월 핵발전소 이야기
강다민 글 | 강다민 · 조덕환 그림 | 126쪽 | 11,000원
세종도서 문학나눔 선정도서 / 아침독서 추천도서

03 행복을 파는 행운 시장
두 동네 아이들이 만들어 가는 아름다운 행복!
안민호 글 | 박민희 그림 | 132쪽 | 11,000원
우수출판콘텐츠 선정도서 / 아침독서 추천도서

04 땅에 사는 아이들
내가 사는 이 땅의 주인은 누구일까?
정세언 글 | 지혜라 그림 | 164쪽 | 11,000원
아침독서 추천도서 / 출판저널 이달의 책 선정도서
학교도서관사서협의회 추천도서

05 사라진 슬기와 꿀벌 도시
자연과 인간의 평화로운 공존을 꿈꿔요!
임어진 글 | 박묘광 그림 | 160쪽 | 11,000원
출판콘텐츠 창작지원사업 선정작 / 아침독서 추천도서
읽어주기 좋은 책 선정도서 / 한국학교사서협회 추천도서
학교도서관사서협의회 추천도서

06 동물원 친구들이 이상해
생명의 소중함과 자유와 행복의 의미를 생각해 봐요!
고수산나 글 | 정용환 그림 | 184쪽 | 11,000원
출판저널 이달의 책 선정도서 / 아침독서 추천도서
한국학교사서협회 추천도서
학교도서관사서협의회 추천도서

07 돼지는 잘못이 없어요
인간을 위해 다른 동물의 생명을 빼앗아도 되나요?
박상재 글 | 고담 그림 | 148쪽 | 11,000원
환경부 '2018년 우수환경도서 / 전국서협회 추천도서
한국학교사서협회 추천도서 / 한국글짓기지도회 추천도서

08 개성공단 아름다운 약속
남북이 함께 만들어 간 평화의 상징.
개성공단으로 어린이 체험단이 떴다!
함영연 글 | 양정아 그림 | 134쪽 | 11,000원
한국문화예술위원회 문학 나눔 선정도서 / 아침독서 추천도서
한국학교사서협회 추천도서 / 한국글짓기지도회 추천도서

09 죽을 똥 살 똥
똥이 밥이 되고 밥이 똥이 되면 우리도 살고 자연도 살아요!
안선모 글 | 안성하 그림 | 160쪽 | 11,000원
한국학교사서협회 추천도서

10 우리들끼리 해결하면 안 될까요
친구와 다툼이 일어났을 때, 어떻게 해야 할까?
박신식 글 | 김진희 그림 | 137쪽 | 11,000원
소년한국 우수 어린이 도서 / 한국학교사서협회 추천도서
한국글짓기지도회 추천도서 / 북토콘 선정도서

11 백 년 전에 시작된 비밀
친일파, 독립운동가, 재일조선인 후손들의 우정과 역사 이야기
강다민 글 · 그림 | 136쪽 | 11,000원
한국문화예술위원회 문학 나눔 선정도서
읽어주기 좋은 책 선정도서 / 고래가숨쉬는도서관 추천도서
한국학교사서협회 추천도서 / 학교도서관사서협의회 추천도서

12 3.1운동, 그 가족에게 생긴 일
평범한 소녀 우경이네 가족의 삶을 바꾼 만세운동
고수산나 글 | 나수은 그림 | 133쪽 | 11,000원
고래가숨쉬는도서관 추천도서 / 한국학교사서협회 추천도서
학교도서관사서협의회 추천도서

13 나를 쫓는 천 개의 눈
CCTV와 휴대폰 카메라, 드론은 안전을 위한 것일까, 감시와 통제를 위한 것일까?
서석영 글 | 주성희 그림 | 129쪽 | 11,000원
소년한국 우수 어린이 도서 / 한국학교사서협회 추천도서
부산광역시교육청 공공도서관 추천도서
학교도서관사서협의회 추천도서

14 나와라, 봉벤져스!
마음이 움직이는 진짜 봉사와 상을 타기 위한 가짜 봉사
김윤경 글 | 김진희 그림 | 138쪽 | 11,000원
아침독서 추천도서 / 학교도서관사서협의회 추천도서
한국학교사서협회 추천도서

15 **가짜 뉴스를 시작하겠습니다**
가짜뉴스는 어떻게 만들어지며 퍼지고,
어떤 결과를 가지고 오게 될까?

김경옥 글 | 주성희 그림 | 140쪽 | 11,000원

세종도서 교양부분 선정도서 / 아침독서 추천도서
고래가숨쉬는도서관 추천도서 / 한국학교사서협회 추천도서
학교도서관사서협의회 추천도서 / 북토큰 선정도서

16 **아홉 살 독립군, 뽀족산 금순이**
실화를 바탕으로 한 만주 지역 어린이 독립군 이야기

함영연 글 | 최현지 그림 | 132쪽 | 11,000원

한국문화예술위원회 문학 나눔 선정도서
한국학교사서협회 추천도서 / 학교도서관사서협의회 추천도서
책씨앗 좋은책고르기 초등교과연계 추천도서

17 **내 말 한마디**
무심코 던지는 내 말은 어떤 힘이 있고 어떤 영향을 미칠까?

김경란 글 | 양정아 그림 | 132쪽 | 11,000원

한우리 열린교육 추천도서 / 소년한국 우수 어린이 도서
고래가 숨쉬는도서관 추천도서 / 경기도사서서평단 추천도서
책씨앗 좋은책고르기 초등교과연계 추천도서
학교도서관사서협의회 추천도서 / 한국학교사서협회 추천도서

18 **소녀 애희, 세상에 맞서다**
굳은 신념을 위해 세상과 맞선 진정한 삶의 가치에 대한 고민

장세런 글 | 이정민 그림 | 137쪽 | 11,000원

한국학교사서협회 추천도서 / 학교도서관사서협의회 추천도서

19 **석수장이의 마지막 고인돌**
개인의 욕심을 채우려는 권력과 그 권력에 희생된 개인의 선택

함영연 글 | 주유진 그림 | 152쪽 | 12,000원

우수출판콘텐츠 선정도서 / 고래가숨쉬는도서관 추천도서
읽어주기 좋은 책 선정도서 / 한국학교사협회 추천도서
학교도서관사서협의회 추천도서 / 한국아동문학상 수상w

20 **당신의 기억을 팔겠습니까?**
인권과 자본, 민영화의 그늘을 알려 주는 동화

강다미 글 | 최도은 그림 | 144쪽 | 12,000원

출판콘텐츠 창작 지원 사업 선정도서 / 읽어주기 좋은 책 선정도서
책씨앗 좋은책고르기 초등교과연계 추천도서
학교도서관사서협의회 추천도서 / 한국학교사서협회 추천도서

21 **파랑 여자 분홍 남자**
나다움을 찾는 길, 성인지 감수성

김경옥 글 | 홍찬주 그림 | 144쪽 | 12,000원

책씨앗 좋은책고르기 초등교과연계 추천도서

22 **여우가 된 날**
붉은 여우와 사람이 함께 평화롭게 사는 세상을 위하여

신은영 글 | 채복기 그림 | 128쪽 | 12,000원

한국문화예술위원회 문학 나눔 선정도서
책씨앗 좋은책고르기 초등교과연계 추천도서

23 **기후 악당**
우리가 기후 악당 이라고?

박수현 글 | 박지애 그림 | 136쪽 | 12,000원

책씨앗 좋은책고르기 초등교과연계 추천도서

24 **그건 장난이 아니라 혐오야!**
이 세상에 당해도 되는 사람은 없어! 혐오는 나빠!

박혜숙 글 | 홍찬주 그림 | 144쪽 | 12,000원

한국학교사서협회 추천도서 / 소년한국 우수 어린이 도서

25 **함경북도 만세 소녀 동풍신**
함경북도 만세 소녀 동풍신,
꺾이지 않는 의지로 일제와 맞서다

함영연글 | 홍지혜그림 | 96쪽 | 12,000원

한국학교사서협회 추천도서

26 **나만 없는 우리나라**
나라를 버린 게 아니라 선택하는 사람, 난민

곽지현·최민혜·유마글 | 김연정그림 | 169쪽 | 12,000원

소년한국일보 표지디자인 특별상 / 한국학교사서협회 추천도서

27 **가만두지 않을 거야!**
"잡히면 죽여 버린다고!" 왜 부들이는 자꾸만 화가 날까?

윤일호 글 | 정지윤 그림 | 141쪽 | 12,000원

한국학교사서협회 추천도서

28 **양심을 팔아요**
양심이 있어야 사람다운 사람이지

신은영 글 | 조히 그림 | 108쪽 | 12,000원

한국학교사서협회 추천도서

29 **돌고래 라라를 부탁해**
돌고래 라라와 미지의 교감 속에서 드러나는 돌고래의 진실

유지영 글 | 한수언 그림 | 136쪽 | 12,000원

한국글짓기지도회 추천도서

30 내 동생들 어때?
우리는 진짜 동물들의 생명을 소중하게 여기고 있을까?

정진 글 | 최현지 그림 | 140쪽 | 12,000원

한국글짓기지도회 추천도서
책씨앗 좋은책고르기 초등교과연계 추천도서

31 악플 숲을 탈출하라!
악플러, 익명의 인터넷 공간에 숨어
다른 사람을 괴롭히는 괴물, 나는 자유로울까?

신은영 글 | 김연정 그림 | 112쪽 | 12,000원

한국학교사서협회 추천도서 / 소년한국 우수 어린이 도서
행복한 아침독서 추천도서 / 읽어주기 좋은 책 선정도서
한국글짓기지도회 추천도서

32 일본군'위안부' 하늘 나비 할머니
전쟁 없는 평화로운 우리의 미래를 함께 만들어요!

함영연 글 | 장경혜 그림 | 104쪽 | 12,000원

소년한국 우수 어린이 도서 / 한국학교사서협회 추천도서
행복한 아침독서 추천도서
책씨앗 좋은책고르기 초등교과연계 추천도서

33 진짜 뉴스를 찾아라!
마대기와 이꽃비의 불꽃 튀는 뉴스 전쟁!

김경옥 글 | 주성희 그림 | 148쪽 | 12,000원

중소출판사 출판콘텐츠 선정도서 / 한국학교사서협회 추천도서
고래가 숨쉬는도서관 추천도서
책씨앗 좋은책고르기 초등교과연계 추천도서
방정환 문학상 수상도서 / 행복한 아침독서 추천도서

34 내가 글자 바보라고?
난독증인 종이접기 천재

공윤경 글 | 김연정 그림 | 149쪽 | 13,000원

한국학교사서협회 추천도서
책씨앗 좋은책고르기 초등교과연계 추천도서

35 표절이 취미
다른 사람의 창작물을 베끼려 한 탐희의 이야기

신은영 글 | 홍찬주 그림 | 108쪽 | 13,000원

한국학교사서협회 추천도서
책씨앗 좋은책고르기 초등교과연계 추천도서
소년한국 우수 어린이 도서 / 고래가 숨쉬는 도서관 추천도서
행복한 아침독서 추천도서 / 책씨앗 초등 교과연계 추천 도서

36 내 친구는 내가 고를래
난 내가 좋아하는 친구랑 놀고 싶어

신미애 글 | 임나운 그림 | 148쪽 | 14,000원

책씨앗초등교과연계 추천도서

37 상처사진기 '나혼네컷'
내 상처를 곰곰이 들여다보는 공간

박현아 글 | 김승혜 그림 | 112쪽 | 13,000원

소년한국 우수 어린이 도서 / 한국학교사서협회 추천도서
책씨앗 초등 교과연계 추천 도서

38 온라인 그루밍이 시작되었습니다
온라인 그루밍의 덫에 빠지기 쉬운 아이들에게
지금 우리가 들려주어야 할 이야기

신은영 글 | 손수정 그림 | 140쪽 | 14,000원

고래가 숨쉬는 도서관 추천 도서 / 책씨앗 초등 교과 연계 추천 도서
한국학교사서협회 추천도서

39 환경돌과 탄소 제로의 꿈을
많은 생명과 함께 평화롭게 사는 우리의 미래를 위해
우리가 할 수 있는 것은 무엇일까?

최진우 글 | 서미경 그림 | 132쪽 | 14,000원

읽어주기 좋은 책 선정도서 / 한국학교사서협회 추천도서

40 게임 체인저 : 기본소득
"기본소득이 우리 고민을 풀어 줄 열쇠라고요?"

이선배 글 | 맹하나 그림 | 218쪽 | 15,000원

41 지구를 지키는 패셔니스타
패스트 패션을 막을 수 있는 방법은?

안선모 글 | 주성희 그림 | 124쪽 | 14,000원

고래가숨쉬는도서관추천도서 / 한국학교사서협회 추천도서
한국출판문화진흥재단 청소년 교양도서 추천도서

42 나는 나대로 살 거야
서로 차별하지 않고 동등하게

박혜숙 글 | 안혜란 그림 | 124쪽 | 14,000원